社会万花筒之中国好故事系列丛书

缤纷人世间·精彩好故事

风雨桥洞夜

范大宇 著

图书在版编目（CIP）数据

风雨桥洞夜 / 范大宇著. — 北京：中国书籍出版社，2016.8
ISBN 978-7-5068-5792-5

Ⅰ.①风… Ⅱ.①范… Ⅲ.①故事－作品集－中国－当代 Ⅳ.①I247.81

中国版本图书馆CIP数据核字（2016）第211052号

风雨桥洞夜

范大宇　著

丛书策划	尚东海　牛　超
责任编辑	成晓春
责任印制	孙马飞　马　芝
封面设计	越朗工作室
出版发行	中国书籍出版社
地　　址	北京市丰台区三路居路97号（邮编：100073）
电　　话	（010）52257143（总编室）　（010）52257140（发行部）
电子邮箱	eo@chinabp.com.cn
经　　销	全国新华书店
印　　刷	北京一鑫印务有限责任公司
开　　本	787毫米×1092毫米　1/32
字　　数	220千字
印　　张	8.25
版　　次	2017年1月第1版　2017年1月第1次印刷
书　　号	ISBN 978-7-5068-5792-5
定　　价	24.80元

版权所有　翻印必究

总 序

《社会万花筒之中国好故事系列丛书》是当代一流故事作家的精选作品集。其中,部分作家曾获"中国民间文艺山花奖·民间文学奖"(中国民间文学最高奖)和其他故事界全国性大奖;所选作品,是作者本人从《故事会》《新故事》《百花悬念故事》《上海故事》《今古传奇》等畅销故事杂志选粹而来的,并被《读者》《意林》《青年文摘》《特别关注》等杂志反复转载,还有些作品入选进中小学语文阅读教材。

故事是常见的文学体裁,它以叙述曲折、有趣的事件为主,强调情节的生动性和连贯性,语言通俗、活泼,较适于口头讲述,深受大众喜爱。故事以反映社会现实、映照大众心理见长,通过那些精彩、动人的故事,我们可以了解丰富多彩的大千世界,见识光怪陆离的人情百态,学习历久弥新的人生智慧。

《社会万花筒之中国好故事系列丛书》所选故事作品的主要特色，一是具有超强的可读性。该丛书所选作品，大部分选粹于《故事会》等国内畅销的故事杂志，情节跌宕起伏、扣人心弦，让人欲罢不能。二是取材广泛，通过生活中偶发的、片断的事象，展现比它本身广阔得多、复杂得多的生活，在绘声绘色的叙述中让读者受到教益。三是语言风格通俗平易，适于口耳相传。故事作品往往通过通俗的语言来传递某种知识或价值取向，让读者不但乐意接受、容易接受，而且记得住、传得开。

而本丛书的上述主要特色，正是中小学素质教育中不可或缺的：

这套具有纯正中国民间"血统"、独具民族特色的故事丛书，植根于中华民族深厚的人文土壤，有益于增进青少年对国家、民族和传统文化的热爱，增进文化底蕴和艺术修养；

这套丛书内容涉及的时间跨度大——纵览古今，展现的生活领域广——横跨三百六十行，有益于青少年开阔视野、丰富阅历、辨别善恶、启迪智慧、砥砺意志，提高社会适应能力和观察分析能力；

这套丛书富含亲情、感恩、博爱、友善、求知、敢于担当、进取向上等正能量元素，崇尚优秀道德情操，弘扬人间正道，这有益于启迪青少年的人性自觉、心灵自悟和灵魂陶冶，引导其追求崇高的理想，向往和塑造健全完美的人格……

与课堂上"素质教育"不同的是,上述教益,不是通过干巴巴的说教,而是从富于知识性和哲理性的故事情节中传递出来的。对于社会生活经验不足,思想和行为可塑性强,易于被感染的青少年而言,可以在兴趣盎然的阅读中潜移默化地得到精神陶冶,进而塑造和形成正确的人生观和价值观,成长为中华民族伟大复兴的有用之才。

编　者

内容提要

　　《风雨桥洞夜》是当今著名故事作家范大宇的作品集，主要以北京口味描写，题材涉及现今社会的方方面面，即便是带有科幻色彩的故事，也影射出了人们关心的问题。故事作品集格调昂扬向上，表现了美好的人性。文字优美，朗朗上口，故事性强，妙趣横生，环环相扣，引人入胜，读毕掩卷，余香犹在。

目 录

天桥酒馆奇遇　　　　　　　　　　　1
大栅栏"复生"药房　　　　　　　　8
南城医圣　　　　　　　　　　　　15
兵伏爨底下　　　　　　　　　　　22
斗　法　　　　　　　　　　　　　33
妙计解危难　　　　　　　　　　　41
老姑娘的婚事　　　　　　　　　　52
　　（北京大杂院故事之一）　　　52
怪僻的房客　　　　　　　　　　　61
　　（北京大杂院故事之二）　　　61
混混关爷　　　　　　　　　　　　70
　　（北京大杂院故事之三）　　　70

风雨桥洞夜	80
人走茶不凉	88
分寸难掌握	94
唤醒服务	100
记忆整合所	107
"克隆"奇事	113
猫猫狗狗也有情	119
奇怪的食客	126
浓雾，高速封路	133
生死相约	137
闻香破案	141
我有一张"二皮脸"	152
心　病	159
奇怪的病人	164
新来的女孩儿一米九	167
圆　梦	175
微笑的曼丝莉	179
最后一程	185
最关键的证人	193
"霸王餐"	200
吃辣赚美眉	206
豆包有时也顶饿	212
会变的血型	219

就开这一次口	223
有这么一条狗	230
难忘这个情人节	237
追　杀	243

风雨桥洞夜

天桥酒馆奇遇

北京的天桥,闻名海内外。那里是五行八作云集的地方,演绎着世间人生的百味。

1965年的冬天,是出奇的冷,刚刚入了冬月,就飘起了鹅毛大雪,没半天的工夫,那雪就足足有小半尺厚。

那天,张子奇到南城办事,办完了,天刚擦黑。这个时间,回单位太晚,回家又太早,他就信马由缰地溜达到了天桥,到了中华电影院旁边的一个小酒馆。这小酒馆一间门脸,里面摆了七张八仙桌,三十几个木凳子,黄土铺地,屋中间是个烧得"滋滋"冒响的大火炉子,靠墙壁一溜儿玻璃柜面,卖酒卖菜。这店虽小,可却是有年头了,据说乾隆爷没出生时就有了它,您算算多少年了。在这儿喝酒的都是南城一带靠力气吃饭的劳动人民。赶大车的、蹬三轮的、扛大包的、摇煤球的……张子奇在单位里是个副处长,好歹也是个领导,平时穿得是整整齐齐,吃饭喝茶都十分地讲究,现在怎么会到这个"下九流"的地方来呢?嘿,这都是他小时候养成的嗜好。全因他爹是个写剧本的,对底层社会是特别地感兴趣,对这有悠久历史的小酒馆情有独钟,觉得在这儿喝酒能触发创作灵感,就时不时地专程从西城跑到这儿嘬两口,而十有八九又带着自己的宝贝儿子。张子奇耳濡目染,就对这十分简陋的小酒馆有了一种特别亲切的感情。也别说,在酒馆喝酒与在饭馆喝酒,那感觉有天壤之别。饭馆吃饭,酒馆喝酒。各有各的特长。在这小酒馆里,混杂着烟气、酒味儿、汗味儿、笑骂声、咳嗽声,仿佛更能接近地气儿,能享受到真正喝酒的那股子说不清道不明的味儿,久了成瘾。张子奇成人后,念念不忘这儿时的经历。每每遇到周日休息时,他就爱跑到这儿嘬两口,一是找回小时候的感觉,对父爱的追忆,二是体验体验社会底层人民的生活。醉意朦胧时,他看着那灌一口劣质烧酒,"咣当"啃一口萝卜的主儿,看着边念叨"喝酒就大葱,一盅顶两盅",边"滋滋"喝酒的爷,就像是在欣赏一幅现代的"清明上河图"。当然,张子奇以前到这儿来的时候,都是"化了妆"的,脱下中山装、哔叽裤子,尽量把自己打扮得土里土气。今天,他是临时跑来的,自然穿的戴的都是干部模样儿,一进酒馆,就显得鹤立鸡群,立时招来众人奇异的目光。

张子奇也感觉到了,尴尬地笑笑,捡了个座儿,招呼着要了二两二锅头、一盘花生米、一盘猪头肉。然后,眯起双眼,慢慢地品尝起来。

也不知过了多长时间,突然,有人拍拍张子奇的肩头。

风雨桥洞夜

他一惊,在这儿能遇上哪个熟人?待他睁开眼睛一看,面前站着一个陌生的男人。这人有四十上下,长得很敦实,大脑袋大眼睛,中等个儿,穿着一身褪了色儿的劳动布工作服,直勾勾地看着他。

张子奇不知自己哪儿惹着他了,先自个儿上下左右地打量了一番,没有啊,就问:"您,有事儿?"

那人一笑,露出一排黄牙,翁声翁气地说:"老哥,能赏个脸,赏个座儿,咱哥俩儿喝一口吗?"

萍水相逢,素不相识,就在一起喝酒?张子奇还没回过味儿来,那人已经在桌子对面落了座,然后冲着店掌柜的嚷嚷道:"来四两上等的二锅头,两盘兔肉,一盘羊杂,一盘花生米!"

"好嘞!"说着,酒和菜已然摆到了张子奇面前。

人不打笑脸人。既然这样,就随缘吧。于是,二人你推我让,渐入高潮,不一会儿,竟喝干了酒。那人又要了四两酒,又要了三个菜。张子奇也感到自己神了,我这么能喝!有这么大的酒量。那人口吐莲花,说:"我姓刘,名叫刘能!是化工厂的。老哥知道化工是什么吗?那就是白色的粉末末……"张子奇酒喝得有些高,也话多了,就说自己的业务,说起自己上上下下是怎么应付的,听得刘能是一个劲地摇脑袋,口中喃喃地说:"不明白,老哥有大学问!"

但是,一说起北京的小吃,说起天桥的把式,说起这酒馆的来历,那刘能就如江河开闸,滔滔不绝。听得张子奇也是直翻白眼儿,天,原来民间有这么多好玩有趣的事儿呀。

3

一晃儿，天就黑透了，那雪还在不紧不慢地下。外面冷，小酒馆里却热热烘烘的，可烟气散不出去，整个屋里都成蓝色的了。张子奇却感到浑身地舒坦，特别地放松。这时，那刘能问："老哥，想不想来口正宗的卤煮火烧？"

张子奇笑笑，说："想，当然想！出酒馆左拐就有一家卖这个的，那火烧特筋道，待会儿，吃一碗？"

"唉，哪用得着劳您大驾，咱在这儿就能吃上。"

"在这儿？"

还没容张子奇反应过来，那刘能已经叫过来酒馆掌柜的："去，帮我们来两碗卤煮火烧，钱，一块儿算！"

那酒馆掌柜的耸耸鼻子，扮了个鬼脸，出去了，不消一刻，端回来两碗冒着热气的卤煮火烧，那冲鼻子的香气，把张子奇馋得一个劲儿咽唾液。在这酒馆，不出门，就能吃上这口，和迎着风，跑进那隔壁的小饭铺吃上这卤煮火烧，味道也是不一样的。他看看刘能，心说："这还真是个地道的北京胡同串子，对什么都门儿清啊！"

酒足饭饱，这时，那刘能冲张子奇双拳一抱，说："老哥，恕小弟我今儿忘记带钱了，得让您破费了！"

张子奇还没反应过来，掌柜的已经报上账单："一共是十二块八！"

十二块八？张子奇心说你唬谁呢？他的话还没问出口，那刘能"嘿嘿"一笑，说："老哥，小弟我欠了他们的钱，您好人做到底吧！"说完，一掀棉门帘，"呼"地消失在夜色之中，把张子奇晾那儿了。

风雨桥洞夜

张子奇不愿当这个"冤大头",脸也红了,脖子也粗了,就要往外追那个刘能。可是,掌柜的一下子拦住了他,黑着脸吼道:"怎么地,想赖账啊,没门儿!"

张子奇手指门外,说:"我不认识他!"

"不认识?不认识能在这儿喝仨钟头吗?骗鬼呀!"

任凭张子奇说破了嘴,酒馆掌柜的就两个字,"不行!"

张子奇足足磨了有半个多小时,也没用。到最后,他只能乖乖地掏了十二块八。十二块八呀,那可是当年五分之一的工资啊!

张子奇平时对钱看得挺重,从来没有请谁吃过饭,好嘛,一下子"损失"了这么多钱,他咽不下这口气。第二天,他请了假,专门到小酒馆堵这个刘能,可这刘能就像是从人间蒸发了。张子奇不死心,经常地来,但,回回扑空。一天,那掌柜的对他说:"我说这位同志,算了吧,那人是个'酒蹭子',你就是找到他,又能怎样?"

"我要他还我的钱!"

"哎,看你是个干部,挺明事理的。怎么转不过来这个弯子呀?你说他该你钱,凭据呢?你们俩一起喝酒吃饭,谁知道你们是啥交情?"

"要依你,这事儿就算了?"

掌柜的点点头,说:"您呐,长个记性。这天桥是三教九流汇集的地儿,什么人都有,这种人是专门混嘴的。他说是什么工厂的,你信吗?要我说,你已经算烧高香了,否则,他要是坑你个上百块钱,你不还得自己偷着抹泪跳河呀?"

5

从那以后，张子奇算是长了见识。他后来又遇上过几次"酒蹭子"，也是一上来就透着十二万分的热情，可他一扭脸，端起自己喝酒的家什就到另一张桌子上，不搭理，不说话。

立春后，张子奇去天桥北边的山涧口买东西，买好后，一蹁腿儿，又溜达到了天桥地段。刚刚走过路口，就看到了一起打架的。只见里三层外三层的人围着一个人，你一拳我一脚地，把那个人打得是满脸血里花啦，一个劲儿遍地打滚，边滚边哭着求饶："爷爷！爷爷！我再也不敢了！"

张子奇一愣，怎么呢，这声音太熟悉了，他忙凑上前一看，天，果真是那个到处找也找不到的刘能。看来，这小子老毛病又犯了，骗吃骗喝被人抓住，要往死里打。张子奇感叹：这真叫善有善报，恶有恶报，不是不报，时候未到啊！他就运了运气，抬起脚，也准备报一报去年那十二块八的旧账之仇。但是，就在他的脚要落下的时刻，他猛然回忆起老父亲当年说的一句话："得饶人处且饶人，离地三尺有神明！"他的心一动，有了一种敬畏感，感到冥冥之中，有一个看不见的东西在盯着自己。他双手一拦，对众人说："放过他吧，这个人是我们那胡同的，他有病！"

那个被骗的人不干，说被刘能诈去了三块钱。张子奇听了，苦笑了笑，掏出了钱，摆平了事。然后，头也不回地走了。

转过年，一入夏，全国爆发了"文革"。张子奇所在的单位揪出了好几个"走资派"。张子奇不甘落后，生怕被造

风雨桥洞夜

反派骂成"老右",于是天天高喊着口号,参加一个接一个的批斗会。但是,形势越来越危急,斗争也越来越失控,揪斗的对象也开始向中层干部扩展。终于,张子奇也成了"走资派",被关进了"牛棚",即单位的临时看守所。自此,他和家里失去联系,妻子怎么样,孩子怎么样,一概不知。

那天,批斗会上,有红卫兵叫着喊着要往上冲,要往死里打张子奇等一帮人。前些天,他已经听说了有些人因迫害而自杀的事,现在,临到自己头上了,能不能顶过去呀?想到这,张子奇就浑身颤抖不止。但是,就在红卫兵冲到台上,高高举起铁棍往下砸的时候,突然间一个人冲到台上,伸手就拦。"砰"的一声,铁棍砸到了那人的胳膊上,疼得他"哎哟"一声。红卫兵火了,责问他要干什么?那人把胸膛拍得"当当"地响,说:"老子祖宗八代是贫农,凭什么?凭这些人前年帮助过我们!"

张子奇闻声又是一愣,稍稍抬起头扫了一眼,呀,是刘能!刘能身穿一套旧军装,俨然是一个小头头。

夜里,刘能跑到牛棚来了,左胳膊缠着绷带,显然骨折了。他给张子奇送来了吃的喝的,带来了他全家平安的信息。在那个动乱的年代,这要冒多大的风险呀。张子奇感激地直哭,说:"真谢谢你了!"刘能一笑,说:"谢什么?我这是回报你呀!"

从此后,张子奇和刘能成了莫逆之交,又演绎了一场人世间的悲欢离合。这是后话。

社会万花筒之中国好故事系列丛书

大栅栏"复生"药房

"文革"后,张子奇和刘能喝了一顿大酒,两个人喝了三瓶牛栏山二锅头,喝的是酩酊大醉。在哪儿喝的?北京前门外大栅栏门框胡同里的"爆肚满"。爆肚,那是京城小吃一绝。而正宗的"爆肚满",那是天天人满为患。而门框胡同是条窄得只容两人并排走的胡同。这么窄的地方能做生意吗?能!为什么?因为它是个热闹地方,有人气,有商机,是南北商贾的云聚之地。出了门框胡同就是大栅栏,"八大祥"全都在那儿开着店。往南边一溜达,就是天桥儿。往西走,是"红灯区"八大胡同。往东走,是鲜鱼口,那儿有乾隆爷御笔亲题的"都一处"烧麦馆。往北一探头,就是紫禁城。风水宝地呀!

门框胡同里有家名叫"复生"的小药房,两间门脸儿,后库前店,掌柜的叫刘大能耐。嗨,有叫这名字的吗?反正人们都这么称呼他。"复生"做的是小生意,比不上南边的

风雨桥洞夜

"同仁堂"。但是，刘大能耐的店虽小，可是他的心不小。他没事的时候总爱琢磨："同仁堂凭什么能成气候，我就不行？"也是的，"复生"之所以能在这紧挨着"同仁堂"的地方生存下来，自然有他的独到之处。什么呢？就是他祖辈独家创造的"哭丹"。这哭丹只是一剂小儿用的药，对小儿有奇效。可是同仁堂却没有这味药。那年头虽然极少有什么独生子女，穷人家的孩子也好养活，但遇到孩子生了病，也是头痛麻烦的事儿。于是，谁家的孩子但凡有了头疼脑热、跑肚拉稀，就跑到"复生"，买下一包哭丹。孩子吃下后，不消一个时辰，就活蹦乱跳，完好如初。刘大能耐虽然有哭丹一药称奇，可孤木难成林，终究成不了大气候。他就天天烧香拜佛，时时盼着能遇上大贵人，时来运转。他这可不是白日做梦。那"都一处"不就是大年除夕夜，乾隆爷微服私访时吃了他一笼烧麦，给题了字后火起来的吗？那同仁堂也是，康熙爷年少时得了一场怪病，全身红疹，奇痒无比，宫中御医束手无策。康熙心情抑郁，微服出宫散心，来到大栅栏，信步走进一家小药铺，药铺郎中只开了便宜的大黄，嘱咐泡水沐浴，康熙如法沐浴，不过三日便痊愈了。为了感谢郎中，康熙爷写下了"同修仁德，济世养生"，并送给他一座大药堂，这才有了"同仁堂"的今天。刘大能耐就想：我什么时候才能等来我的命中贵人？

这好运啊，说来就来。民国十二年，也就是1923年初冬的一个晚上，有人敲开了"复生"的店门。刘大能耐有些冒火，但做买卖讲究和气生财，他钻出了热被窝，从后院来到前店，打开店门，让进了来客。然后刘大能耐揉了揉朦胧的睡眼，打量了一下面前站着的一个三十左右的男人，问："爷，要什么药？"那人"嘿嘿"一笑，用嘴一咧，压低嗓音说："请借一步说话！"刘大能耐一愣，但还是转过身，把这人让到了里间。这里间是堆放药材的地方，几乎连身子都转不开，也没有坐着的地儿。二人就站在那儿。那人扫了一圈，也不客套，开门见山地问："掌柜的，想不想发财？"刘大能耐又是一愣，心说：谁不想发财？鬼都想。没容他回话，那人又发话："听说同仁堂的事儿了吗？"

刘大能耐点点头。前几天，满大街都嚷嚷开了，说有人在同仁堂拿的药，给病人服下后，人死了。经报官化验，那药中有马钱子。同仁堂看了药方，说，病人风湿顽痹、麻木瘫痪，需要服用马钱子，开的药没错呀。可是，进一步验证，大夫开的是马钱子3钱，但柜上给的却是30钱。整整多了九倍。这还不把人吃死？同仁堂坚持自己不可能发错药，因为拿药的都是随抓随喊，拿药后再经他人复核，二百多年从来没有出过差错。但病人家属一口咬定，且有物证在手。

刘大能耐看了一眼那男人，不解地问："这事在下知道，可是和我……"

那人又是一笑，说："实话实说了吧，那病人是得了绝症，早晚也是个死，他是想给家里撂下些钱，就用了这么个法子。"

刘大能耐点点头，说："噢，但同仁堂能那么好讹吗？"

"嘿嘿，要想办成这事，就得考虑周密。病人家早买通

风雨桥洞夜

了他们家的一个远房亲戚,这人是同仁堂的一个小伙计,让他承认是同仁堂与苦主有过节,是药店掌柜的在抓了药后派人到其他药店抓了马钱子偷偷放到里面的。"

"苦主当时没拿药?"

"要是当时拿,能有这出戏吗?这是早就计划好了的。苦主咬定是同仁堂让一个时辰后取药,又有那个小伙计作证,同仁堂这回是有口难辩。"

"那,同仁堂怎么不在本店多加马钱子?"

"同仁堂人多眼杂,伙计们都互相盯着呢,那还不一下子就穿了帮。"

"这,有点太损了吧?"

"损?哎哟,不损,谁给你钱呀?这事对同仁堂来说,九牛一毛,算嘛事?再说了,这些年,同仁堂一直没有主事的,是四房共管,能不乱吗?"

刘大能耐还是不明白,这事与自己有什么关系。

那人趴到窗户处听了听,转回身子说:"有,当然有啦!我们让那个小伙计说是在你这儿抓的马钱子。"

"哎,别别别。"刘大能耐一听就急了,一个劲儿地摆手,"我可不能干这个缺德的事!"

那人盯着刘大能耐,好半天不说话,弄得刘大能耐心里直发毛。那人从鼻子里"哼"了一声,然后从怀里掏出一张支票"啪"地拍在刘大能耐的手上,说:"看好了,这是三千大洋!干,还是不干?"

三千大洋?刘大能耐就是二十年也挣不到这个数呀。

11

他不相信，天底下竟会有这么大的便宜砸到自己脑袋上。可是，他就着昏黄的灯光看了看，确确实实是三千大洋的支票。而且是现金支票，就是拿着这张票立马可取。

但刘大能耐还是心中忐忑。那男人瞪着他，恶狠狠地说："这事儿，你已经知道了。你要是不干，你就走着瞧吧！"

刘大能耐抹了一把脸上的汗，结结巴巴地说："我……我答……答应你。"

第二天，刘大能耐就被传到了法院，一过堂，他看到了同仁堂四房共管的代表乐达义。那乐达义戴着眼镜，文质彬彬，一看是刘大能耐，就是一惊，脱口而出问："刘掌柜的，你我往日无冤，近日无仇，你给我们乐家栽的什么赃？"

刘大能耐的脸就一阵白一阵红，但此时此刻，他已是骑虎难下了，心一硬，脖子一梗，说："我是凭良心作证……"

同仁堂乐家平白无故地吃了冤枉官司，掏出了二万块大洋摆平了事。散堂前，乐达义对着刘大能耐恨恨说了一句："记住，人在做，天在看！"

刘大能耐回家后，立即跑到银行把三千大洋取了出来，然后一五一十地对老婆说了。他老婆一惊，又一喜。惊的是：怎么能干这缺德的事；喜的是：今后一辈子不再愁吃愁喝了。

刘大能耐悄悄地说："今夜里，咱们就走！"

"这药房不要啦？"

"真是娘们儿见识，有钱了，还要这破烂儿干啥？咱们远走高飞，隐姓埋名，过富贵日子去了。"

风雨桥洞夜

"什么时候动身？"

"11点的火车，到时候咱们什么也不带，你先出门，到前门车站候车室等我。"

这天夜里，北风呼呼地，特别的冷，可是，刘大能耐却一个劲儿地冒汗。他时不时地掏出怀表，看了又看，埋怨这时间怎么走得这么慢。就在他准备让老婆动身之时，突然传来急急的敲门声。刘大能耐不理，可那敲门的不死心"砰砰砰砰"，在这深夜格外的响。刘大能耐无奈，怕招来巡夜的警察，只得开开门。一看，门口站着六七个彪形大汉，一个个横眉怒目，其中一个开口就说："掌柜的，我们是天桥张爷的人，交点保护费吧！到时候爷们儿好有个照应。"

刘大能耐哭笑不得，对这些爷儿，你半个"不"字也不敢说呀，他就回屋战战抖抖地拿出了二块大洋。可没想到，那大洋被人一下子扔了出去，为首的骂道："你他妈打发要饭的呢？"

"爷，我小本生意，真的没有了。"

"哈哈哈，真他妈会装穷啊。那三千大洋呢？"

刘大能耐的脑袋"嗡"地大了。他这才明白，前天那男人和他玩的是个套儿，他是被人当枪使了。他怎么吃进去的，还得怎么吐出来。钱在他这儿只是过了一遍。这真是竹篮子打水一场空，梦里娶媳妇儿空欢喜。刘大能耐在大栅栏混了十几年，和地面上的各种人都打过交道。他知道，今天不交是不行的。不交，这些人立马就会让你躺下。于是，他乖乖地把那还没有捂热的三千大洋拱手交了出去。

社会万花筒之中国好故事系列丛书

刘大能耐垂头丧气地关上门,一看,老婆在他身后站着呢。他重重地叹了口气:"唉……"

"他爹,想开点,这钱,本来就不是咱们的嘛。留得青山在,不怕没柴烧。"

刘大能耐点点头,慢慢地回到房间。他盘算着下一步怎么办,看来,出了这事儿,在大栅栏是没法子混了,可是,到哪儿去呢?就这么想呀想呀,想得脑浆子都疼了。就在他刚刚有了一点困意的时候,又被一阵急促的敲门声惊醒了。刘大能耐披衣下床,趿拉着鞋去开门。当门开开时,在惨白的月光下,他看到,站在门口的是两个人,一个全身素白,一个通体皂黑。两个人的脑袋上都罩着什么,看不见脸,只见一对眼睛,闪着幽幽的光。二人谁也不说话。刘大能耐正要开口问话,就见那黑衣人慢慢地拿出一根绳索,向刘大能耐的脖子上套来。刘大能耐傻了,这不是黑无常、白无常吗?这是向我索命呀。"啊……"惨叫声响彻了北京城。

从那以后,"复生"药房的刘大能耐刘掌柜没有了,北京城多了一个疯子。他天天满大街乱跑,边跑边笑,边跑边叨唠:"我有罪!我该死!我有罪!我该死!"

据说这个疯子一直活到解放后,他成了大栅栏的一景儿。而乐达义的儿子乐松生解放后当上了北京市的副市长,乐副市长还到刘大能耐家慰问过呢。

这人世间有白无常、黑无常吗?当然没有。那么,那天夜里是谁装扮的呢?至今仍是个谜。

刘大能耐有个儿子,叫刘能。

南城医圣

　　张子奇在20世纪80年代退休后，毅然选择了下海经商。他干什么呢，嘿，开饭馆。那时节，满北京一到吃饭的口儿上，人满为患，家家饭馆是三成人吃饭，七成人等座儿。张子奇开的是自助海鲜餐厅。"自助"在那时候很少见，海鲜又是粤式菜，在北京更是少而又少。他是一炮而红，一天到晚顾客盈门，就连那些名角儿大腕儿也是趋之若鹜，并争着与张子奇合影。张子奇又从国外引进了黏玉米。这稀罕物一摆上来就招人爱。一时间，全北京以能到张子奇的餐厅撮上一顿为荣。

　　可是，张子奇有时却坐在大堂屏风后面默默地发呆。他在思念一个人。谁？刘能！不管怎么说，在"文革"中，刘能保了他一条命。他就极想请刘能好好地撮几顿，哪怕是天天撮顿顿撮也行。可是，刘能自从那次喝完大酒后，没影儿了。张子奇还有一件窝心的事，就是他的胞妹得了癌症。这

社会万花筒之中国好故事系列丛书

妹妹打小就跟他贴,现在眼见着好日子来了,却是吃不下,喝不了,天天化疗,弄得一头秀发全没了。

这天,张子奇信马由缰地又溜达到了大栅栏。这时候的大栅栏成了自由市场,沿街全是小摊贩。他正漫无目的地瞎逛,猛听得一声吆喝:"看一看瞧一瞧啦,佳能相机赔本甩啦!60块钱加点您拿走啦!"

张子奇摇摇头,心说:什么相机能卖这价?忍不住扭过头一看,几个光膀子的青年在起劲儿推销。张子奇刚刚凑前半步,那伙人"呼啦"就把他围了起来,把一个个相机递到他手上。他一双手能有多大,一不留神,把几个相机"砰"的掉在了地上。这下子,好戏开张了,那伙人不干了,喊着嚷着要他赔钱。张子奇这个气啊,可是,他确实把人家的东西碰掉了,于是,认栽,掏出了三百块钱,说:"行,我认了。爷赔得起!"

"啪!"三百块被甩到张子奇的脸上,一个前胸纹着老虎的胖子吼道:"你眼瞎了?三百打发谁呢?"

张子奇据理力争:"一台六十,五台不是三百是多少?"

"啊呸!"那"老虎"举起一块牌子,指着上面的字嚷道:"你好好看看这是多少?"张子奇一看,傻了。怎么呢?那60两个数字后面还淡淡地写着二个"0",天,一台六千,五台是三万。那年月,万元户都是大款,谁能一下子掏出三万来?但是,张子奇走不了,不赔不行。张子奇知道自己遇上"碰瓷儿"的了,就觉得浑身从上到下,从里到外"滋滋"地冒汗。

风雨桥洞夜

这时,那几个如狼似虎的人就像打劫的,把张子奇摁在地上,胡乱地翻起他的衣兜来。

就在这万分紧急关头,那些人突然像听到什么命令似的,"唰"地全停了下来。张子奇捏捏大腿,不是在做梦呀。他抬头一看,咦,这些人正对一个人毕恭毕敬地点头哈腰,一口一声:"大师,您老好!"

张子奇暗暗叫苦,心说:这是他们的老大来了,我非得被宰得只剩下一张皮。正在瞎琢磨时,那人已经走上前来。张子奇索性闭上眼,爱谁谁吧。可是,他感到那人轻轻拍了拍他的肩膀,说:"这不是子奇大哥吗?"

咦,这人是谁?张子奇睁眼一瞧,立时愣了。谁呢?刘能!这可真叫踏破铁鞋无觅处,得来全不费工夫。可是,这刘能怎么又与这帮人混到了一处?

那刘能"嘿嘿"一笑,说:"兄弟我现在走正道了,给人家看病。救死扶伤,功德无量嘛。""什么,你给人看病?"

刘能看张子奇不信,就说:"哎呀,你忘了,我们家是祖传医道上的人呀。"

张子奇一拍脑袋,哎哟,可不是吗,刘能的爹当年不就是在这大栅栏开了家"复生"药房吗,我怎么把这茬儿给忘记了。

那些敲诈张子奇的人,此时在刘能面前个个都像是孙子了。刘能用手一指这帮混混,训斥道:"你们也真是的,什么人都敢下手。这是我哥!你们要再这样,以后甭再找我看病。"

接下来，张子奇自然是满心欢喜地把刘能接到了自己的餐厅。他让大厨精心做了几个好菜，和刘能又是一醉方休。吃喝间，张子奇才知道，这刘能现在是个人物了。怎么呢？就是他用自家祖传的偏方治好了数不清的疑难病症，全国各地的患者纷纷跑到北京寻找他解除病痛。

张子奇点点头，说："闹了半天，南城医圣就是你呀。不瞒你说，对这事儿，我是将信将疑。心说，这世上如果有这等神医，那还开什么医院啊。"

刘能仗着酒劲儿说："中国地大物博，什么人没有？我爹当年还不就是靠着'哭丹'这药支撑着全家生活。否则，紧挨着'同仁堂'，人家不挤兑我们，我们自己也长久不了呀。我现在就是靠家传的一本医药方子，对症下药地治病。你别说，我们刘家祖宗还是真神，几乎没有不能治的病。"

张子奇听得是热血沸腾，就将妹妹的病一二三四说了。刘能眯起眼寻思了一会儿，说："走！到你家看看咱妹妹去。"

刘能看了张子奇的妹妹后，立即拍着胸脯说："别哭了，吃下我二十剂药，保证还你一个硬格朗朗的身子骨。"张子奇就眼巴巴等着刘能开药方。可是刘能却低头不语，好半天才说："大哥别怪，我这药方是不能示给外人看的，虽然咱哥俩谁跟谁呀。可这是上辈人立下的规矩。"

"我懂，我懂！"张子奇忙表态："你把药煎好了，我去取！该多少钱就多少钱。"

"哎呀，一提钱不是见外了。"

风雨桥洞夜

"不是的。你的药也得有本钱不是,再说了,我现在经济上还说得过去嘛。"

就这样,张子奇的妹妹开始服用刘能的汤药。但是,刘能这汤药真是不便宜,一剂药就是一千块钱。一千块,在八十年代是什么价呀。可是,张子奇不好讨价还价,一是刘能是自己的朋友,二是妹妹要救命,三是他觉得,药有奇效,必然要贵。

张子奇的妹妹服用刘能的药后,是上吐下泻,吐得胆汁都出来了。问刘能,刘能说:"这就对了,重病必用猛药!令妹体内的毒不排出去,她怎么能好?"听听也是这个理。但是,一个多月过去了,张子奇妹妹的病仍然没见什么起色。他就心急了。就问刘能是怎么回事儿。刘能来了,又给张子奇的妹妹号了号脉,凝神思考一番,说:"是了,令妹的病拖得太久,再者是她开始服用的药沉在身体里,对我的药有抵触。别急,我再给你调理调理。"于是,他又陆陆续续地给张子奇拿来了二十多剂药。

张子奇是个细心人。他将刘能前后的药拿到中药店。药剂师看了看后说:"这两服药是一样的。只是,这是哪家医院的处方啊?怎么能大量地用车前子、大黄这些药,病人受得了吗?"

张子奇听了,心里就直打鼓。那天,刘能又送药来,二人在餐厅吃喝后,刘能打车回家,张子奇呢,就多了一个心眼儿,悄悄地跟上了他。一直跟到了刘能的家。他这才知道,刘能早就搬家了,搬到了牛街清真寺西边。他看到,刘能一下车，就立即被许多人围上了，里三层外三层的，纷纷喊道："刘大师，您可回来了！"众人簇拥着刘能进了院子，张子奇也裹在人流中进去了。他看到，刘能连屁都没来得及放一个，就开始给人看病，那些人个个虔诚万分，拿了药感激不尽。

张子奇追着一个看病出来的人问，这刘大师开的药能治好病吗。那人一听，急了，说："你这是什么屁话？刘大师全国闻名，治好了多少病人，你怎么能有这坏心眼儿。"

得，张子奇自讨了个没趣儿。他就责怪自己，唉，连朋友都不相信，我这是怎么了？

可是，张子奇妹妹的病就是不见好。而那刘能隔三岔五地送药来，就会在自助餐厅朵颐一顿，吃饱了喝足了，美美地回家。

这天，刘能又送药来。张子奇借着酒盖脸，问道："兄弟，你给我说句实话，我妹妹这病到底得用多长日子才能治好？"

刘能一愣，随即摇摇头，说："人和人不一样，你让我怎么断定？"得，一句话，把球又踢回给张子奇了。由于心里不太痛快，这顿酒就喝得淡而无味儿。喝完了，张子奇送刘能到餐厅外。刚一出门，就看见路边坐着一个老乞丐，脏了吧唧的，二人从他身边一过，猛然被他一把将刘能的双脚抱住了。张子奇愣了，他见过要饭的，可没见过这般无赖的。于是打量了一下这老乞丐，这人是满脸横七竖八的皱纹，看样子怎么地也得有八十多岁了。

风雨桥洞夜

那老乞丐对刘能喃喃说道:"你不能丧尽天良,你不能啊!你还有后代呀!"

刘能皱皱眉,一抬脚,嘴里骂道:"老不死的,滚一边去!"说着一脚踢了出去,把老乞丐踢得喊爹叫妈。而刘能呢,"吱溜"钻进一辆出租车,跑了。那老乞丐还疼得在地上哼哼。张子奇不忍,上前一步,搀扶起他。没想到老乞丐竟一把抓住了他,问:"你姓张吧?"

张子奇点点头。老乞丐说:"别信那王八犊子的。他什么病也不会看,他是要骗你的钱,骗你的大钱。"哎呀呀,此话从何而起?老乞丐继续说道:"他和人琢磨怎么骗你钱的话,我都听到了。我不能让他得逞,我得让他积点德呀。"

"老人家,你怎么知道的,你是谁?"

"我,我是刘能的爹。当年我丧良心,作了伪证,害得我五十年心里不安,天天为此赎罪。五十年啊,我整整做了一百件善事,也算赎罪了吧!好人,听我的,别信他!"说罢,这老乞丐,不,这刘能的爹,半个世纪前"复生"药房的刘大能耐头一歪,说"走"就"走"了。

从那以后,张子奇又不见了刘能。找到牛街,那院落已是换了主人。

社会万花筒之中国好故事系列丛书

兵伏爨底下

在北京西山脚下，有一个古老的村落——爨底下。村里的人家全都姓韩，400多间房屋均是明清时期的建筑。每一间房都似一部历史，都恨不得能向后人们讲述那一段凄美的故事……

话说明朝永乐十八年（1420）的一天，明成祖朱棣坐殿临朝，当文武百官奏完本后，他又一次提出了迁都北平的事情。朱棣说："朕自在南京临朝以来，蒙古胡人屡屡侵犯我大明疆界，且日益猖獗，与朕在北平镇守时不可同日而语，朕恨不能荡尽胡尘，无奈鞭长莫及难以御敌。所以朕决意北上，而将南京作为留都。尔等回去后可速速准备。"

退朝后，朱棣的心情仍是郁郁不快，为什么呢？那就是他这次迁都需要在南京留下得力的武将，以防不测，可是，这样随他北上就缺少忠心耿耿又能惯战的武将了。正在这时，太监禀报说，徽州人士方百川求见。

风雨桥洞夜

朱棣闻听，不由舒展眉头，忙将来人传进宫中。

这方百川是何许人士，令明成祖如此器重？他乃是武艺超群的奇才，当兵朱棣起兵"靖难"之时，若不是方百川鼎力相助，朱棣是很难面南称帝的。可是，当朱棣登基，要回封方百川为侯为王之时，他却拒绝受领，到山村隐居去了。为这事，朱棣每每想起都感叹不已。

十几年不见了，当年英姿勃发的方百川已是四十来岁的汉子。他见了朱棣，跪拜完后便开门见山地说："陛下决意北上，可是为了抵制胡人作乱，巩固已开拓的东方北方疆土？"

朱棣赞许地说："知我者，百川爱卿也。"

方百川微微一笑，说："不知陛下准备带谁一同北迁？"

朱棣摇摇头："实难有合适的干才。"

方百川说："在下不才，想以一布衣之身效忠明主……"

朱棣一听，不由地瞪大了眼睛，问道："此话当真？"说着冲方百川一作揖，高兴地说："有爱卿辅佐我，实乃天意也。"

"但是，陛下！"方百川说着双腿一屈，"扑通"跪倒在地。"在下相求，望陛下恩准。"

"爱卿快快平身，有什么要求尽管提出。"

"不，请陛下恩准后在下方起。"

"好好好，朕答应你就是。"

方百川这才站起，款款说道："陛下与不才均是安徽人，想必知道这徽州名称的来历。"

朱棣说："将歙州改徽州，那还是宋朝宣和年间的事，算起来至今已经有三百年了。"

方百川猛然涕泪交流,说:"百川的先祖圣公方腊也就是在那一年就义的啊。"

朱棣这才想起,这方百川乃是方腊一脉相承的后代,但此时他提起这事是何用意?

方百川说:"先祖之所以兵败帮源洞,是被那韩世忠所擒。没有韩世忠就没有先祖的悲剧。先祖在开封就义时曾对人说过,这杀身之仇一定要报。从那以后,我们有幸活下来的方腊后代就多次寻找报仇的机会,可是总没能实现。后来宋朝完结,元朝建立,这韩世忠的后代就销声匿迹了。三百年来,多少个春夏秋冬,先祖的血债一直不能报,作为方腊的后人,每每想起这事,就感到愧对列祖列宗。这十几年来,百川跑遍大江南北,费尽周折,日前终于找到了韩世忠的后代,他们不在别处,现在山西界内……"

朱棣不解,问道:"爱卿意欲何为?"

"对韩家一门斩草除根,报先祖之仇。"

朱棣倒吸了口凉气,说道:"朕不是不答应你,可是,这事已经有三百年之久,世事沧桑,现在贸然行事,总有些出师无名,恐遭世人谴责吧。"

方百川说:"这个,不才已经顾不得了。不这样做,先祖在天之灵就不会得到安息。至于方法,不才也考虑好了,这些年陛下不是将大批的百姓从山西移到北平附近充实边防吗,这次对韩姓一族也可以朝廷移民的名义让他们离开现在所居之地,然后在路途之中设好伏兵,在他们不防备的时候杀了他们就是。地点不才已经选好,就在北平西边的军都

风雨桥洞夜

山中。那里有个十分理想的地方,地势极为险恶,方圆数十里没有人烟,而且是山西通北平的必由之路。这事会做得神不知鬼不觉,事后若有人问,则可以说是路上遇到了山匪劫财,寡不敌众,惨遭不幸。陛下再颁一封号,封他们一门忠烈则已……"

朱棣听后,不得不对这方百川另眼看待。心说此人不仅武艺高强,而且很有心计,真真是个不可多得的人才。但是他又感到平白无故地杀掉几百人,未免过于残忍。

方百川见朱棣还在犹豫,进一步说:"陛下,今年诛灭韩姓一族,实乃天意也。"

"此话怎讲?"

方百川说:"先祖方腊当年创建的年号是什么?是'永乐'也,与当今陛下如出一辙,这不是上天昭示要在永乐年间除掉韩姓一族吗?"

朱棣笑了,他也感到历史真真是开了一个玩笑,怎么自己定的年号竟与三百年前方腊的年号一模一样。他思前想后,左右权衡,最后认为拿几百个草民与一个栋梁之材相比,还是后者重要。于是同意了方百川的计谋。

闲话少说,话说那韩世忠的后代确确实实隐居在山西。从祖祖辈辈的叙说中,他们也知道发生在三百年前的那场战事,因为韩世忠活捉了方腊,使得为患几年的江南六州五十二县的作乱终于结束。可是,方腊一族付出了十余万人的生命。为了防止方姓一族报复,他们离开了故土陕西绥德,远迁到了山西境内。

这一天，突然官府来了人，宣告了永乐皇帝的圣旨，召韩姓一族立时动身前往北平。韩姓一族的族长是个七十多岁的老人，名叫韩福宜，字一仁。这韩一仁跪接了皇帝的圣旨，就感到此事过于蹊跷。心说我们世世代代务农为生，文只粗通笔墨，武不会耍枪弄棒，怎么圣上会点我们的名去北平。这几年是有些人移民到北边，但都是洪洞县等地的，而且也只是县衙门贴出告示而已，从没有皇帝亲自下圣旨的。即使是移民，也不是全族一人不剩，那些年老体弱、幼小孩童是可以不去的。他联想起上个月接连有不明身份的人到村里找族谱一事，不由心生疑窦，看来此事是事出有因，此行是凶多吉少啊。

韩一仁想是这么想了，可是他也不敢违抗圣旨啊，只好让全族的人草草收拾了一下细软，就带领全族的人起程了。他们住的这个村是个大村，上千户人家，这韩一仁利用机会找村里的风水先生占了一卦。那风水先生看了卦相，大惊失声："韩老，看来此行凶多吉少，有血光之灾呀。"

韩一仁点点头，说："我也猜到了，可是，难道就没有破解的法子了吗？"

风水先生闭目沉思，又用手掐算了掐算，轻轻吁了一口气，说："你们都是善良之辈，所以还有一线生机。你们此去要经过一处天庭太上老君炼仙丹的地方，这是你们的凶地，也是你们唯一的化厄之地，至于你们能不能化险为夷，那就要看你们自己的造化了。"

韩一仁听得心惊肉跳，问道："能否给以明示？"

风雨桥洞夜

风水先生摇摇头,说:"天机不可泄露。"说完捋须笑笑,随口念出几句话:"星头上,双目妖,一人下面架火烧,血光之日需见血,供奉牌位方能消。"

韩一仁对风水先生作揖,又深深鞠了一躬,道:"多谢指教!"然后叫来了自己的长子,如此而已这般地吩咐了一遍。

韩姓一大族人五百多口,老的老,小的小,男男女女,浩浩荡荡地上了路。正是七月流火的季节,族里的人谁也没有出过远门,所以走得十分辛苦缓慢。

那方百川呢,早已得到密报,就在北平西边200里左右的一处山沟安排了五百兵丁,只待韩姓一族走进这死亡之谷。

闲话少说,只说这韩姓一族人一路风餐露宿,这日临近中午时分,大队人马走到了一处山梁。领头走在前面的不是别人,正是族长韩一仁。他这一路坚持走在队伍的最前面,为的是万一发生什么意外不测,自己可以应付应付。一路上,他就像着了魔似的,口中不停地念叨:"星头上,双目妖,一人下面架火烧……"他边念叨边琢磨:什么是星头之上,什么是双目的妖孽?

韩一仁停下步,站在山梁之上举目四望,感到此山真是壮观,可又极为险恶。此时,虽近中午时分,但薄雾还是没有散尽。突然,韩一仁的长子手指远处一块大石,说:"爹,你看那儿——"

韩一仁看到那是一块硕大的石头,突然兀立在山下的大路边,上面似乎刻有字,但是看不清。韩一仁带人顺着路往下走了百十步，再看看石头，原来上面只刻了一个斗大的"爨"字。"爨"字还用红颜料涂了，韩一仁问儿子："这是个什么字？"

其子念过几年书，说："是个'爨'字，当灶讲。这字您虽不认识，可是经常用。"

"慢——"韩一仁盯着那石头，好久好久目不转睛，突然，他拉着儿子的手说："你看你看，这爨字的上头是高兴的兴字头（注：系繁体字）中间是个林字，也就是'双目'，不，应该是'双木'啊。那下面的'大'字分明是'一'和'人'组成的。天啊，这不就是那句偈语吗。原来是这样的'兴字头，双木腰，一人下面架火烧'呀。看来，这就是我们的生死之地了。"说着，韩一仁前后左右看了看，就发现一路上押解他们的几十名兵丁全操起了兵器，一个个都变了脸，变得虎视眈眈。

韩一仁闭目琢磨"血光之日需见血，供奉牌位方能消"是什么意思呢。猛地，他悟到了，这"方"是指的方腊，于是忙将儿子叫到身边，要他速速准备一块牌子。

儿子不解："你这是干啥？"

韩一仁火了，说："少废话！这关系到咱们全族人的性命呀。快！快！快去！"

正在老老少少坐在路边准备歇歇脚的时候，就听到山前山后，突然响起了震天的鼓声，随着鼓声，几百名官兵从四面八方围了上来，将韩姓一族五百多人牢牢地围在了中间。孩子吓哭了，妇女也嚎了起来。大难临头，人们感到了死亡的恐惧。

鼓声突然停了下来,兵丁们闪出一条路,一名全副披挂的武官策马从容地走到韩姓家族的人群前。他不是别人,正是方百川。方百川看出韩一仁是族长,于是走到他的面前,双手一拱,冷笑着说道:"千里迢迢从山西境内赶到这里的可是宋朝蕲王韩世忠的后代?"

韩一仁对方百川作了个揖道:"将军既知,老朽就不再赘述。只求将军能大发慈悲,念在我们老少五百多口人一路风尘仆仆,在我们上黄泉路之前,允许我们烧几炷香,向上苍祷告一下,可行?"

一席话说得大出方百川意料之外。他没有想到韩姓一族已经知道末日来临,而这老者竟能如此从容不迫。方百川只好说:"也好,给你们一个时辰。到时候就不要说我方某不客气了。"

韩一仁道了声谢,就吩咐儿子及其他人拿出牌位,插上供香,然后率全族人齐齐地跪在了牌位的面前。

方百川眯起眼,漫不经心地向牌位扫了一眼,这一扫,他立即惊诧不已。怎么了呢?原来他看到韩姓族人供奉的列祖列宗牌位之中,有这样一块十分显眼的牌位,那上面写着:"方圣公腊先贤。"

"这——"方百川指着方腊的牌位不解地问韩一仁,"你们供的这是——"

韩一仁睁开眼,微微一笑,说:"这是祖上传下的**规矩**。"

"你们姓韩,为何供我方姓祖先?"

韩一仁说:"想当年我们的先祖世忠大人虽捉到了方圣公,可他那是圣命在身,不得不为。对于方圣公的所作所为,先祖还是极为敬佩的,说方圣公也是为了黎民百姓,是一世英豪,万古流芳。先祖虽身为朝廷命官,但是与方圣公在许多事上是英雄所见略同。正因为如此,所以先祖才能出于对百姓安危的考虑,出于对国家的负责,不顾自己的安危,在黄天荡与金兀术对抗四十八天,大败金兵。这些事情,想必将军耳熟能详。老朽只是一介草民,不懂大义,还望将军多多指教才是。"

韩一仁的一席话说得方百川瞠目结舌。但是他旋即冷笑了一声,说:"好个能言善辩。怎么,想用这等方法动摇我杀你们的决心?办不到的!"

韩一仁捋捋胡须说:"我韩世忠的后代岂会惧死,不过我有一言相劝将军,你将社稷置于一边而不顾,却利用圣上移民的机会,公报私仇,未免太不光明磊落了吧。况且,当年使方圣公被捉的直接原因是因为你们方家出了方京这样叛逆所致。你为什么不对方京的后人斩尽杀绝?却要对我们一门忠烈的后代举起屠刀?由此可见你并不是什么大丈夫,而是心胸狭窄之人。再者说,你今天杀了我们,怎么保证我们的后人不再找你报仇,冤冤相报,何时是了?"

方百川此时已被说得大汗淋漓,但是他仍不甘心就这样罢手。他说:"我将你们全部杀光,还有谁为你们报仇?"

韩一仁用手指了指围在身边的兵丁说:"这些兄弟们

风雨桥洞夜

与我韩家无冤无仇,难道你能保证日后他们就不会说出你的秘密吗?你总不能为了封口,将我们杀死后再将这些士兵统统杀死吧。另外再告诉你一个秘密:早在几十年前,为防不测,本族的一支已经在别处安家立业了⋯⋯"

什么?方百川愣了。他万万没有想到自己千虑,还有一失。但是他仍嘴硬:"不论怎么说,明年的今日就是你们的祭日,这乃是天意也。"

韩一仁听后"哈哈"大笑,说:"天意?若说天意,你断断不应该杀我们。"

"为何?"

"你看!"韩一仁手指那石头上的"爨"字说,"此字下面是火,而我们韩姓一族到此正好灭了这无名之火。韩——寒,不是天意么?邪火熄灭,万物才能繁衍,国家才能昌盛,这不是天意是什么?你若一意违背天意,那⋯⋯"

"这⋯⋯"方百川昏昏之中,耳边仿佛响起了唐太宗的话:"天子者,有道则人推而为主,无道则人弃而不用,诚可畏也⋯⋯"

那韩一仁此时更加显得大义凛然,他从儿子的身上抽出一把砍刀,举起,对方百川说:"将军,你要三思才是。我韩姓人绝不是怕死向你乞求。"说着,突然举起砍刀,一挥,只见刀光一闪,他将自己的左臂生生地砍了下来,血"呼"地喷射了出来。

"老人家!"方百川被强烈地震动了。他一个箭步窜上前,扶住了韩一仁,吩咐手下马上给予治疗,并单腿一跪,冲韩一仁说："感谢老人家一番教诲，使百川顿悟，否则将在史册上留下骂名。百川现在才明白如何做人，同为华夏儿女，为何不能摒弃前嫌，同心协力共建家园，而是同室操戈让外人渔利呢？"

从此，韩姓一族就在北京西边的爨底下安下家来，并涌现出不少的英烈……

注：爨底下是北京一处风景地，被称为北京地区的"布达拉宫"。而此故事纯系虚构。

斗 法

说起北京城里的大栅栏儿，那可是个风水宝地。它紧靠中轴线，南边是三教九流聚集的天桥，练杂耍的、拉洋片的、摔跤的，围块布帘子就能敛钱，活生生又是一幅清明上河图。北边则是紫气笼罩的皇城。一般的老百姓到了正阳门边上，没有腰牌就不能前行了，否则你就得吃不了兜着走。大栅栏靠着皇城，吃的也是皇家的饭。"内联升"鞋店做的靴子都是给朝廷里的官员的，而"同仁堂"的许多药是专供皇亲贵族的。风水宝地自然干什么都讲究风水，于是就有了和风水相关的许多故事。

话说在大栅栏里有家不起眼的店铺，字号是"道缘祥"，是做绸缎生意的。掌柜的名叫敖俊联，四十来岁，人很精明，中等身材，不胖不瘦。他是小本买卖，经不起大起大落的折腾，所以处处小心事事谨慎。做什么有什么道道，干生意的也有自己的规矩，俗话说"明茶暗布"，什么意思？那就是凡是茶叶店，你只要一进去，那店里是明光瓦亮。明晃晃的光亮下，你看哪种茶叶都是好的。而进了绸缎店就不一样了，灯火忽忽悠悠的，仿佛进了阴曹地府。在这样的灯光下，绸缎有了瑕疵顾客也看不出来呀。这些做买卖的"经典"到了21世纪也在用，你看现在大街上那些卖栗子的，摊儿上面都罩着几盏红灯泡，为什么？那就是让你看到的栗子个顶个的都是上等的，一个字儿好！

咱们书归正传。话说这一天傍晚时分，敖俊联正在里间屋品茶，突然账房刘平急急地进来，说："掌柜的，外面来了个化缘的和尚！"

"你打发俩钱儿就得了。这种事儿找我干什么？"

"可这和尚不走，非说有重要话要亲自向您说！"

敖俊联心中不快，但又不能不应付一下，做买卖的，讲究和气生财嘛。

店里站着个清瘦的出家人，一身灰布衣服，一双沾满泥土的布鞋。这和尚看到敖俊联出来，立即双手合十，嘴里念叨："阿弥陀佛！"

敖俊联说："师父到本店有何指教？"

和尚说："贫僧是广东国恩寺的住持。施主知道国恩寺吗？它是佛教六祖慧能的出生和圆寂之地，国恩寺建于唐朝，寺匾乃武则天亲笔所题。几百年来，因兵火战乱，国恩寺已经颓败不堪。贫僧欲重振国恩寺，特向施主化缘来了。"说罢，将度牒递上。

敖俊联明白快到年关，这又是一个打着佛教旗号要钱的。得得得，小不忍则乱大谋。于是转头对刘平说："给这个师父五块大洋！"

"施主"那和尚拦住刘平，对敖俊联微微一笑，说，"施主未免太小看贫僧了。"

"此话怎讲？"

"贫僧此次偶然路过宝地，一是和施主有缘，二是要为施主解除危难。"

"我有何危难？"敖俊联冷冷一笑，问，"你想要多少吧？"

"一千二百块大洋！"

什么，一千二百块？敖俊联惊得说不出话，一千二百大洋，几乎是"道缘祥"的全部家当。要是全给了这个和尚，我这店还不得关门！

那和尚似乎看出了敖俊联的心思，轻轻地说："留得青山在，何惧无柴烧？我也是为了施主着想呀。施主捐给佛门，自然灾难化解。我之能今天路过贵店，既是冥冥之中上天的安排，也是施主的福分。"

敖俊联从来不信这些东西，问："我要是拿不出这么多钱呢？"

和尚摇摇头，说："怕是一月之内，必有凶相呈现。"

"什么凶相？"

"到时施主自明。恕贫僧泄露天机，怕是和施主的香火有关。"说罢，那和尚头也不回，说了句："阿弥陀佛，罪过！罪过！"挑开门帘径自走了。

这时，敖俊联的夫人张氏急急从里面出来，吓得脸都白了，说："先生，莫不是应在龙儿身上。"

敖俊联是祖上三代单传。他三十多岁才得了儿子小龙，可打去年开始，这小龙就一直病病歪歪的，看了不少的医生，也说不出是什么病。这些日子，小龙的病又重了，现在经这和尚一说，自然引得张氏紧张。

敖俊联说："就凭他上下两张嘴皮一碰，我就得掏钱，那哪怕我有座金山也早空了。"

这事儿过去几天，风平浪静。敖俊联也就将这事淡忘了。进了腊月，到了二十三，家家都祭灶王爷，每家店铺都挂起了大红灯笼，一是喜兴，二是避邪。"道缘祥"也在店里店外挂了十二盏大红灯笼。一到天黑，灯笼点着了，透着红光，透着一派祥和的气氛。

可是，怪事出现了。正当挑选布料的顾客喜滋滋地在店铺内外出出进进时，那大红灯笼不知怎么地，突然一盏一盏地灭了。当刘平把这事儿告诉敖俊联时，他并没当回事儿，甚至有点恼火，说："是风吹的呗。再点上不就得了。你近来怎么总这么婆婆妈妈的。"但是，灯笼重新点上后，没过多长时间，又灭了。而且不是一盏灭，是十二盏先后都灭了。这下子，敖俊联有点急了，大过年的，这是怎么了？得罪了哪方神仙了，跟我过不去呀。但是他从不信邪，于是也不顾天冷，搬了把椅子，"咣"地放在店铺大门边，往上一坐，眼睁睁地要看看是什么邪风把这灯笼吹灭的。

虽是腊月，可是今年没什么西北风，那悬在房檐下的

风雨桥洞夜

灯笼连晃都不晃。但是呀,就在敖俊联大眼紧盯着的时刻,那十二盏灯笼一前一后,一左一右,都相继"噗噗噗"地灭了。这事儿发生在敖俊联的眼皮子底下,就让他唏嘘不已了,心说,奶奶的,真撞上鬼啦?

那些在店里选购布料的顾客一看,个个像是遇到鬼似的,急急地奔了出来,一时,店里竟空空如也。一个店铺,最赚钱的时候就是年关前的半个月,现在,顾客没有,也就等于说明年的日子不好过了。

和敖俊联一起观察这灯笼的,还有一人。谁?就是张氏。此时,张氏早已吓得说不出完整的话来,将敖俊联拉进内屋,求他道:"先生,我自嫁到你家,事事听你的,可是这几天咱家怪事不断,而龙儿又一病不起,莫非你真的不顾敖家的香火不成。只要能保住龙儿,就是沿街讨饭,我也跟你!我求你,找找那个高僧,他没准就是咱龙儿的贵人呀。"

敖俊联看看张氏,心潮澎湃,是呀,龙儿就是她,也是我的命根子呀。可这世上的事真的就那么神奇?他轻轻地拍拍张氏的肩头,说:"我知道了,你放心。我不会让你失望的。"

敖俊联刚一出门,和一个人几乎撞上了,谁?就是那个国恩寺的和尚。敖俊联一笑,说:"我知道你会来的。"

"阿弥陀佛。贫僧愿为施主化解孽债!"

"请师父容我几日,你要的一千二百块大洋,不是小数目,我得将小店盘出去呀!"

那和尚眼中显出喜悦，说："施主逢凶化吉，必有后福！"

店铺里没有顾客，显得冷清，而且几个小伙计也交头接耳，大概也是在说这怪事吧。敖俊联招呼一个叫小三的伙计过来，让他把灯笼摘下一个来。没想到那小三竟吓得连连摆手，说："这、这、这……"

"这什么这？摘！"

敖俊联将这灯笼拿到店里没一丝风的地方，摆到桌子上，不错眼珠地盯着看，那燃烧的蜡烛没过多长时间，就似那油干灯尽似的，火苗摇晃了几下"噗"地灭了。敖俊联就感到身上起了一层鸡皮疙瘩。他把小三叫进来，问："这蜡烛是……"

门帘一挑，刘平进来了，说："掌柜的，如果真的给那和尚一千二，那咱这店就得关张了。我们……"

敖俊联一笑，说："别担心，山不转水转，到哪都能活下去。你跟我十多年，我亏谁也不能亏你呀！"

"谢谢掌柜的，这我就放心了，一家老小就靠着我呢。"

"你来得正好，我正要找你。我和夫人商量了，家有万贯财物，也不如平平安安。为了我家龙儿，我们应了那和尚的。准备搏一下。好了，一切都好，不好，也不怪谁了，是自己的命不好。你看大概几天能把这事办妥当了？"

"我尽力吧，可能得节后，过了十五吧！"

"好，天塌下来也有地撑着，咱们先乐和乐和！告诉伙计们，明天开始放假！"

风雨桥洞夜

过年这些天，敖俊联一反过去的做法，没有回老家，也没有去拜访那些老朋友，就是带着张氏和龙儿到处逛庙会，玩乐，听戏。

过了十五，那和尚如约而至。敖俊联双手一拱，说："师父年前言道，我只要捐出一千二百块大洋，就能避过这场灾难，对否？"

"施主所言极是。"

"也就是说，我的香火从此旺盛，那灯笼中的蜡烛也不会再灭了。"

"那是当然。"

敖俊联一招手，小三将一支蜡烛拿来，点燃了，敖俊联说："我这人太较真儿。我既已要把全部家产倾数捐出，我倒要看看师父说的话是不是灵验。"

可是，那蜡烛着了一会儿，又"噗"地灭了。那和尚挂不住了，说："施主的钱还没到神仙那儿，怎么会显灵呢？"

"师父说错了。六祖慧能是佛教大师。怎么能与神仙牵扯到一起。神仙是道教中的事儿呀。师父莫非只是国恩寺挂名的人？"

那和尚就一脸的不自在。可是敖俊联没容他说话，自己接着说："这蜡烛我知道是怎么回事儿，它们都是断芯的。"说罢，当着众人，用刀一下子把蜡烛切开了，挑出里面的棉线，果不其然，棉线竟都是断了的。

敖俊联转脸对和尚说："你为了掠夺我的家财，竟想出了如此卑鄙的手段，买通了蜡烛厂的人，专门为我制作了这种断芯蜡烛，装神弄鬼地吓唬我。当然，没有家鬼，就引不来野鬼。"

那刘平一听，立时抬腿要溜。敖俊联大喝一声："哪里走？"说时，从外面冲进来几个捕快，将那和尚与刘平押下了。

是夜，敖俊联在"都一处"烧麦馆请全店的人吃饭。宴席上，张氏问："先生，你是怎么拆穿了他们的把戏的呢？"

敖俊联"哈哈"一笑，说："夫人，但凡遇事，先不要慌，要在心里问几个为什么。再呢，就是装神弄鬼的事儿都和钱能扯上，这就不言自明是假的。你想，咱们的家底那和尚怎么知道得清清楚楚，没有家鬼，他个野鬼知道个屁。我就琢磨是怎么回事，后来小三告诉我，这批蜡烛是刘平亲自去买的，我就猜出八九不离十了……"

風雨桥洞夜

妙计解危难

"人怕出名猪怕壮",真真是有道理。北京前门外大栅栏,有家"内联升"鞋铺,老板赵一多,干练精明。自打从父亲那儿接过这祖传的家业,就一直如履薄冰。总怕因内联升的名气过大,而招引来灾祸。

"内联升"是靠千层底布鞋出的名。老话儿说:"爷不爷,先看鞋。"北京人出门在外,没双好鞋那可不成。脚底有了劲儿,脸面上才有光。老北京的好鞋上哪儿淘换去?内联升啊。经过几十年的打拼,内联升成了品牌。下至轿夫,穿的是内联升做的布鞋,上至朝廷文武大员,穿的是内联升做的朝靴。以致北京人有句口头禅:头顶马聚源,脚踩内联升,身穿八大祥,腰缠四大恒。能够穿上内联升做的鞋,是对身份的一种炫耀。内联升最拿手的是朝靴,鞋底有32层。鞋底每平方寸用麻绳纳81至100针,针码分布均匀。内联升,内联升,"内"指大内即宫廷,"联升"则表示,谁穿上内联升的朝靴，可以官运亨通，连升三级。

这一年的春节刚过，大栅栏的商号就争先恐后地放开了"开门炮"，以庆贺新的一年重新开业。内联升也不例外。可是，伙计们刚刚卸下门板，打开店门，就脸色煞白地跑了回来，上气不接下气地对赵一多说："掌柜的，不好了！"

赵一多听了，心头"噌"窜起一股火。新年开张第一天，本想讨个好口彩，可谁承想得到的是一句"不好！"这多不吉利！但那伙计们一个个语无伦次，纷纷手指门外，仿佛门外有尊恶神似的。

赵一多抬脚迈出店门，眼睛一扫，也傻了。怎么呢，就在内联升大门的旁边，有一具"倒卧"。这死者的身旁，是一个哭哑了嗓子的姑娘。

账房先生跟出来了，一见，立即吼道："你是哪儿的，快把这死人挪开！"

那姑娘听到，几步走到赵一多面前，"扑通"跪下了，紧接着"咚咚咚"就是三个响头，边叩头边哭着求道："大老爷，您行行好！帮我买一张草席吧，让我爹能入土为安。您的大恩大德我永世不忘！"

"去去去！滚滚滚！"伙计们拥上来，连推带搡。

赵一多看看这死人，又看看寒风中瑟瑟发抖的姑娘，重重地叹了口气，对伙计说："去，到棺材铺给她买口棺材，帮她发了丧吧。"

可是，赵一多行善过后，那姑娘却缠上他了，死活非要留下来，说一是报恩，二是也没有去处。账房先生就提醒

风雨桥洞夜

他:"行善不能多,多了会招祸!"

赵一多看了看这姑娘,眉清目秀,举止端庄,不由心中一动,暗暗琢磨,我如果不收留她,难道让她坠入八大胡同的烟花馆中不成?正好夫人身体不好,罢罢罢,就收她做个丫头吧。

就这样,这个叫小红的姑娘就成了内联升老板娘的贴身丫头。

虽然收留了小红,可是赵一多的心头总有块阴影。就是觉得大年开张遇到死人有些不好,便处处事事倍加小心。

内联升只是家鞋店,可是生意红火,火得不得了。整个北京城做鞋卖鞋的海了去了,你内联升怎么就这么牛呢?前面说了,内联升做的鞋一是结实、舒适,二是能让当官的官运亨通。这是好事,但有时好事也会变成坏事。话说大清朝光绪年间有个袁世凯,打小就想当官,当大官。混到北京后,听说内联升的朝靴能使人官运亨通,连升三级,就天天穿着不脱,企图有朝一日飞黄腾达,光宗耀祖。可是,眼看都过了三十六岁了,他还仅仅是天津小站新建陆军的一介武夫。于是,他就将一腔怨气全归到内联升上了。他这一怨恨,就缩着脖子琢磨怎么整整内联升。琢磨来琢磨去,就憋出了个鬼点子。

话说这一天傍晚时分,正是吃晚饭的时候,内联升里的顾客稀稀拉拉。这时,打外面进来个中年男人,他中等身材,目光炯炯,气度不凡,后面跟着两个随从。赵一多一看,就知道这是个大主顾,于是让手下又是敬茶,又是让座。那中年人用眼光到处逗摸,然后落座,抬起右脚,慢吞吞地说:"老板,你给我量量,我要做一双鞋!"

赵一多赔着笑,说:"爷,小店做鞋,从不用劳客人的大驾。您要的鞋,我心中已然有数。几天后您就擎好吧!"

那人一愣,问:"怎么,不量,你就能做?"

赵一多点点头,说:"这是小店祖传的绝技。"

那人微微一笑,说:"那好,五天后我让人来取!"说罢,起身就出了店。

这事儿对赵一多来说,本是件轻而易举的事,这也是内联升的一绝。因为,除了内联升,哪家鞋店也不能不量脚,不试样鞋就敢做鞋。但内联升敢。因为,赵一多有本上辈传下来的《履中备载》。但凡是北京城里的官家,他前脚出店,后脚就有人向内联升通报这是谁谁谁。赵一多呢,只要翻出这本《履中备载》,照猫画虎即可。什么是《履中备载》?这是内联升几十年积攒下的顾客资料,这都是通过花钱向当官的身边人买下来的。但是,今天,当有人说起这位爷时,赵一多立马吓尿了裤子。为什么?这位爷敢情不是别人,他乃是光绪皇帝真龙天子。光绪皇帝到了内联升,并要做鞋,是吉是凶?赵一多就琢磨不透了。按说,给光绪爷做双鞋不难,难的是他买鞋的目的。

是啊,光绪干吗要大驾亲临内联升呢?那就是他听袁世凯说了内联升的"神奇"。光绪不信,这才要亲身试他一试。他没想到,这内联升还真是名不虚传,不用试鞋就能做鞋。可是光绪将信将疑,他要等待结果。

风雨桥洞夜

　　五天后，光绪的鞋做好了，他穿上这么一走，嘿，倍儿舒服儿，觉得人也提了精神。可光绪并没有高兴，而是犯了嘀咕，心说：我不试鞋，他内联升就能做出这样合适的鞋来，鬼都不信。他就把贴身太监召了来，严厉责问。那太监哪敢抗命，只好一五一十地道出了内联升的秘密。光绪听后，身上冷汗淋淋，他联想得特别多。啊，连小小的一个内联升鞋铺，都能通过耳目，掌握我脚的大小尺寸，如果有人要我的脑袋，那还不是手到擒来吗？如此看来，这天底下哪里还有太平可言。他就要派人将内联升老板抓来问罪，定他个串通官府，操纵北京城鞋业的罪名。

　　光绪刚把自己的打算让刑部拟圣旨，那贴身太监早已经跪下了，说："万岁，万万不可！"

　　"何以阻拦？"

　　"奴才认为，内联升已名声在外，如果圣上突然查抄了他，怕是众人不服。"

　　"为什么？"

　　"圣上总不好将《履中备载》公开吧，如果公开，那引起众怒，怕老佛爷那儿也不好交待。奴才的意思是，即要查办他，又要让众人说不出话。"

　　"你有什么高招儿？"

　　"以其人之道还治其人之身也！"

　　"别给我拽。说！"

　　"喳！奴才的意思是圣上派一人前去买鞋，而这人一是从没有在内联升做鞋的记载，二是他的脚长得特别，比如说是六指儿。"

"哈，亏你想得出。可这样的人哪里去寻？"

"奴才堆里有个张三才，他的左脚就是六指儿。"

光绪沉吟道："怎么，你给我出了这个主意，再去给内联升通风报信不成？"

"奴才决然不敢。"

光绪点点头，同意了。但是，光绪生来多疑，特别又经历了这事。他对太监的建议虽然采纳了，但他绝不会信任太监推荐的人。那光绪找谁来办这件事儿呢？他于是想到了袁世凯。盖因袁世凯在天津小站练新军，光绪要倚重他进行维新变法呀，所以对他比较熟悉。而且，是袁世凯前些日向他说的内联升的奇事，这才引出他到内联升做鞋。

袁世凯领受了这个"圣命"，心中暗自得意，他要借刀杀人，要让这个令他寄托了好梦的内联升从此败落。对于光绪的这道"圣命"，他早就预料到了，并在心里已经将合适的人选过了六六三十六遍筛子。

袁世凯选定的是他手下的一个副将。此人长得五大三粗，可偏偏生了一双小脚，而且巧的是，他的左右脚都是六指儿。袁世凯暗暗冷笑：内联升、内联升，虽然我也穿的是你家的鞋，可今天怪不得我也。谁让你名声太大，谁让你让我不能连升三级，谁让你惹怒了当今万岁爷？

话说赵一多在惴惴不安中苦熬时光。这天，门帘一挑，走进一个武士打扮的人，进门就粗声大嗓地嚷嚷："掌柜的，给我做双千层底的鞋！"

风雨桥洞夜

赵一多搭眼一扫,知道是位生客,于是边拉家常边注意他的脚。说实话,这么多年摸爬滚打,他也能从外表上对顾客的脚揣摸出个八九不离十。再者,到内联升买鞋的人,除了达官贵人需要小心以上外,对于一般的人,能做到基本合适就行。这里还有一个小"诀窍",那就是宁可把鞋做大一点点,也千万别做小了。因为布鞋除了极个别的需要上楦子外,大都能适应顾客的脚。可是,眼前这一位,却让赵一多有点犯难,为什么?因为这人穿的是一双皮靴子,但是他要的却是一双单帮千层底布鞋,现在,隔着厚厚的靴子,赵一多对于他的脚难以准确掌握。可赵一多是谁?内联升的老板啊。他见多识广,能够从容对待。只见他微微一笑,说:"这位爷,三天后您老来取吧,保管您满意至极。"

当天晚上,就有人向赵一多透露了这位爷是袁世凯手下的副将,而袁世凯是秉承光绪皇帝的圣命,故意找内联升的茬口儿来的。可谓是来者不善,善者不来也。赵一多听后一惊,随后闭目沉思,默默念道:"是福不是祸,是祸躲不过。"他打发了通风报信的人后,发现账房先生还在屋里,于是问:"有事儿?"

账房先生拱手抱拳,说:"掌柜的,我感到后天要出大事儿了。"

赵一多点点头。

账房先生说:"我敢断言,今天来的这位爷,他的脚肯定是特别的,咱们怎么做,也是不合适。不如万岁了吧。"

"承认?"赵一多冷冷地盯着账房先生,"你以为认栽就能万事大吉？笑话！再说了，祖宗的家业，我赵一多总不能让内联升败在我的手上吧。"

"那……"

"兵来将挡，水来土掩。没有过不去的坎儿！"

"可是……"

赵一多挥挥手："让我琢磨琢磨吧。"

正这时，门外传来窸窸窣窣的声音。赵一多喝问："谁？"

账房先生把门开开，原来是小红。

账房先生盯着小红，问："你在偷听？"

"奴婢不敢。奴婢只是偶然路过而已。"

赵一多打发走小红后，账房先生埋怨道："掌柜的，我早说过的，行善不能多，多了会招祸！应了吧？"

赵一多仰头一叹："听天由命吧！"

账房先生摇摇头，退出了。可是，他刚刚离开，门又被推开。赵一多一看，竟又是小红："你……"

小红"扑通"跪下，说："恩人，我要报答您……"

"你……报答我？"

"是的。"说着，小红站起，凑了上来。

第三天，大栅栏街道出现了许多兵勇，各家商户一看，都吓得赶紧关了店铺，趴在门上听动静。谁也不知今天是怎么了。

赵一多自然也看到了，他知道，这都是冲着内联升来的。

风雨桥洞夜

不一会儿,那买鞋的副将进来了,手一扬,说:"掌柜的,鞋!"

赵一多赔着笑脸将一双新鞋递上去,那人脱下靴子,穿新鞋,鞋是穿上了,可是他却皱着眉头高声大嗓地吼道:"这就是你们内联升做的鞋吗,把爷的脚都夹痛了!"

赵一多立马上前赔不是,问:"爷,哪儿不舒服?"

"啊,呸!"那副将一下子甩掉鞋子,露出了他的两只脚。这下子,赵一多愣了,天,这双脚,不仅与他的身材不般配,而且左右都生了六指儿。这这这……

那副将冷冷一笑,对门外喊道:"兄弟们!查封!"

话音没落,"呼啦啦"从门外冲进来十几个凶神恶煞般的兵丁。接着,袁世凯也得意扬扬地踱着四方步进来了。

袁世凯一屁股坐下,指着赵一多说:"好你个赵掌柜,什么不用量脚,就能做出好鞋,纯粹是欺世盗名。你就用这种下九流的手段,将一双靴子竟卖到了一两银子。实实可恶至极!来人!给我……"

就这时,突然闯进来两个人,一老一少。那少年跪下,对袁世凯说:"大人息怒!这一切都是小的擅自作主,闯下的祸。"

半路杀出个程咬金!袁世凯愣了,随口问:"怎么回事儿?"

那少年说:"小的只是个刚刚进门的学徒。本应该三年才能满师。可小的却心痒痒,手痒痒,背着师父将这位爷的鞋照猫画虎地做出来了,本想在掌柜的和师父面前露一手,

49

没想到给掌柜的闯下这么大的祸。求大人海量，大人不计小人过，宽恕了我们这一次吧！"

"行！你真行！"袁世凯冷笑道，"没想到，小小的内联升，竟还有如此义士，敢于在关键时刻挺身而出，把一切罪过揽在自己身上。"

赵一多汗如雨下，不知袁世凯还有什么花活儿。那袁世凯盯着少年，说："你既然说这鞋是你做的，好，来人，给他拿来麻绳、鞋底子，让他当着咱们的面再给咱们做一回！"

这下子，赵一多彻底傻了。他上前一步，也给袁世凯跪下了，说："一切都是我的责任，求大人……"

但那少年说："掌柜的，您别怕，这鞋本来就是我做的，我当然就能再做第二双。我现在就做！"说着，抄起麻绳、顶锥、鞋底子，在袁世凯和众人的眼皮底下一针一针地纳了起来。但是，看得出来，他这鞋做得实在是太差了。这无疑说明，他是在撒谎。赵一多一个劲儿哆嗦，他知道完了，内联升完了。而袁世凯暗暗冷笑，他"呼"地站起，刚要发作，突听得门外传来一声叫好。

"好！"众人随着话音一看，只见一人笑着走进店来，并手一指那在纳鞋的少年，开口称赞，"好一个少年英雄！"袁世凯一看，吓得立时趴下，"通通通"地磕起头来，并念叨："万岁爷！卑臣袁世凯见驾！"

原来是光绪悄悄地也来了。众人全趴下了。

光绪对赵一多说："没想到内联升掌柜的广播仁心，

在关键时分，有义仆救主的事儿出现。好！"他一指那少年，说："这双鞋根本不是你做的，你只是为了内联升的名声，硬要承担而已。你不仅要替主担忧，还要女扮男装！难为了！"

那少年，不，应该是小红吓得哭了出来，求道："小的犯了欺君之罪，但绝不是本意。"

光绪笑了："朕不怪你！"

赵一多到了此时，只好实话实说："万岁，内联升所做的鞋子确实货真价实。至于不用量脚即能做出鞋子一说，盖因有《履中备载》。这也只是小店的一片苦心，是为了减少顾客及大人们的劳顿想出的主意，求万岁开恩！"

光绪点点头，让人拿来纸墨，挥笔写下了"内联升"三个字。

于是，因为小红的出面，一场让内联升几近覆灭的灾难，轻巧地化险为夷了。账房先生感叹地说："没想到，没想到！掌柜的一片善心，换来了这样的结局。唉，人心向善啊！"

从那以后，内联升的生意更是越发火爆。只可惜，这块光绪御笔亲题的"内联升"牌匾，在大栅栏的一场大火中烧没了。现在，人们看到的"内联升"牌匾，是郭沫若题写的。

社会万花筒之中国好故事系列丛书

老姑娘的婚事

（北京大杂院故事之一）

北京自打金代建都，至今已经有八百余年了，历经了元、明、清几个朝代。人说，"宰相府上的门房九品官"，那天子脚下的老百姓也就沾了王气，说起话来就总透着一股子牛劲儿。不错。你没看，在北京打个出租车，一上车，那"的哥"就能把你给侃晕了。

咱们今天不聊别的，单聊聊一个北京大杂院里发生的故事。什么叫大杂院，那就是几十户人家都住在一个院子里。这屋咳嗽一声，那屋听得清清楚楚。人多，热闹。人多，事儿也多。自然，故事也就多。

这大杂院在北京西城，靠近白塔寺。院子五进五出，从前门进，从后门出来，怎么着也得走十分钟。据说它曾是日本宪兵司令部，关过不少的抗日英雄，解放后成了教育系统的员工宿舍。"文革"中，有的人家被轰走了，有的人家搬进来了。几经变迁，现在院子里住着50多户人家。

第三进院子东头那三间正房，住着祖孙三代四口人。老奶奶90岁了，虽然耳不聋，眼不花，可是有点老年痴呆，除了儿子外，其他的人都不认识了。见天的儿只知吃喝拉撒，时时守着个电视发呆。老奶奶的儿子顾保明，是个骨科医生；夫人刘玉琪，是个中学教师；孙女顾迪珍，在一家IT公司做白领。按说这一家子，除了老奶奶稍稍有点"麻烦"外，没有什么不可心的。可是爷，您错了，老话说得好，家家有本难念的经。这顾家也有难事儿。什么事儿？那就是顾迪珍已经33岁了，可至今还是独身一人。男大当婚，女大当嫁。为这个，顾保明夫妇没少操心。可太监急，皇上不急。这婚姻别人又代替不了。那真叫瞎着急。

难道是顾迪珍长得磕碜？不，她是美人胚子。大个儿，白皙的皮肤，一双水汪汪的大眼，谁见谁爱。那怎么回事，高不成低不就呗，一来二去，拖成了老姑娘。

春节后，地坛公园搞了一次征婚活动。顾保明夫妇非拉着宝贝女儿参加。顾迪珍拧不过老爸老妈，只好跟着去了。好嘛，到那一看，单身男女海了去了。顾迪珍看着直乐，心说：这和牲口交易市场有什么区别呀。她心里这么寻思，嘴上可不敢说出来。说出来，众人的唾沫星子不得把她泡死。

顾迪珍心不在焉。虽然有不少的小伙子主动上前找她搭话，可她却只抬抬眼皮，一副爱搭不理的样子。热脸蛋贴上冷屁股，叫谁谁也受不了。大半天过去了，一个"备用品"

也没成型。顾保明老两口钻在人群中看看这个，看看那个，又在广告栏前仔细地看上面的资料。等他们返身找顾迪珍时，天，没了。老两口火了，骂道："死丫头，什么时候才能让我们不操心啊！"只好打道回府吧。没想到，在广告牌后面，竟发现顾迪珍和一个年轻人聊得正欢。老两口愣了，打量了一下那个年轻人，不到三十，人倒是白净，但看不出是干什么的。不过，老两口挺高兴，看来，这趟没白来。

从那以后，顾迪珍就像换了个人，天天一脸的阳光，嘴上还哼着流行歌曲。那天，趁女儿心情好，刘玉琪就来了个"火力侦察"，问她那个"他"是干什么的。这一问，刘玉琪差点没背过气去。原来，那个小白脸叫张东川，是四川都江堰人，今年刚刚29岁，是个到北京闯天下的"北漂"族。"北漂"也无所谓，可是他什么专长也没有，充其量只是一个高中生。那天，他也不是去相亲，而只是他的公司负责广告牌的设立工作，他是去维修的。最要命的是这个张东川早已经结婚了。顾迪珍竟和一个家有妻室的人谈恋爱，这不是掉份儿吗？不是充当了第三者了吗？可是顾迪珍说："那没辙。我和他在一起有感觉。"什么感觉？放电的感觉。

顾保明知道后，脑袋"嗡"地大了，老两口左右开弓，好话歹话说了一火车。谁知顾迪珍就是钻进了牛角尖，认准了一条道。说我33岁了，也成年了，找谁不找谁我明白，再说，我也没打算立马结婚呀。我看你们是势利眼。外地人怎么啦？工作不如意怎么啦？一切都是能改变的。我是过日子，和一个不喜欢的人生活，那还不如死了算了。顾保明火了，说我们就你一个女儿，你怎么就不替我们想想。顾迪珍反问："是你们和东川过，还是我和他过？"

一家四口处于冷战之中。过去下了班，刘玉琪就下厨做饭，现在哪儿还有心思做饭呀，好歹对付一口就成了。而顾迪珍呢，也不愿意看老爸老妈阴沉的脸，回到家就钻进奶奶的屋里。老太太就轰她，边轰边叨唠："你是谁家的媳妇儿呀，不在家看孩子，跑我这儿干吗？"

那天，张东川提着一盒"稻香村"的点心竟上了门。这人别的没有，可是那张嘴能白话，能把太阳说成是方的，说得顾迪珍"咯咯"地不停的笑。顾保明夫妇自始至终没给他好脸色。他刚走，顾迪珍就爆发了，嚷着说："你们要是这样，我就搬出去住！"

"你敢？反了你了！"

"大不了是个死！"

此话一出，顾保明立时傻了。他在医院接诊过跳楼自杀的病人，高位截瘫，一辈子离不开床了，而原因仅仅是父母不同意他的婚事。顾保明思来想去，别真把女儿逼到绝路上呀，就自动举起了白旗，并对刘玉琪进行了"策反"。夫妇俩为了全家的大局，为了女儿，决定采取"统一战线"。但是，也不是一点不讲原则。五一放假时，张东川又来了。顾保明就单独将他叫到自己的房中，郑重其事地提出：你要和我们珍珍谈也行，但是必需离婚后才能与我们珍珍在一起，我们给你一个月的期限，怎么样。张东川一听，喜笑颜开，拍着胸脯说："岳……伯伯，我这就回家办手续，办不来我就是个龟儿子。"

顾迪珍亲自把张东川送到北京西站，回家后对刘玉琪撒娇："妈，这回你们相信东川了吧。他是真的爱我。而且他的婚姻很不幸福的，不幸福的婚姻还有什么意思。我们在一起，一定会白头到老的。"

刘玉琪无奈地叹口气，说："珍珍，只要你快乐，我和你爸就高兴！"

谁知天有不测风云。5月12日下午，一个让全中国全世界震惊的大地震发生了。顾迪珍像疯了似的给张东川打电话，可是，打不通。回家后，她冲父母发火："都是你们逼得他，干吗非要他赶在月底前。他要有个好歹，你们得赔！"顾保明看看妻子，苦笑着摇摇头，刘玉琪责怪："珍珍，你和谁说话呢，没老没少的。"

顾迪珍哭喊着："就和你们！就和你们！你们赔我的东川！"

刘玉琪真火了，甩手给了顾迪珍一个耳光，打完后，她自己都不敢相信竟对女儿动手了。顾迪珍愣了一下，"哇"地大哭，跑了出去，跑到奶奶屋里。老太太看顾迪珍进来，问："姑娘，你找谁？"

顾迪珍跳着脚哭着喊着："都地震了，找谁找谁！"

"什么，又地震了？"老太太一听地震，愣了一秒钟，旋即就像充了电似的，一下子来了精神，连鞋都没脱，"噌"地就爬到床上翻找起什么来。

看着奶奶的样子，顾迪珍憋不住又乐了，问："奶奶，

风雨桥洞夜

找什么呢?"

老太太看看顾迪珍,急得脸都红了,说:"奶粉放哪儿了?奶粉放哪儿了?"

"要奶粉干什么呀?"

"给我孙女吃呀。"

"奶奶,我就是你孙女珍珍啊!"

老太太看了又看顾迪珍,摇头:"你骗我,我孙女哪有这么大?"说着,爬下床,一把拉起顾迪珍的手,说,"她大妹子,我跟你说说我那可怜的孙女……"

顾迪珍不知是怎么回到自己屋的,她看父母还没有睡,敲了敲门,进去后,低着头说:"爸爸妈妈,对不起!我决定立即到汶川灾区去!"

刘玉琪愣了:"那儿还没震完,你跑去干什么?"

"我要找到东川!我要做个志愿者,为灾区人民做点事儿!"

顾保明说:"那里很危险,弄不好……"

"我不怕!国难当头,我得表示表示吧。"

顾保明点点头:"去吧,自己多注意!"

当顾迪珍赶到成都时,大街上到处都是避难的人群。她要赶到都江堰,于是拦了一辆出租车。司机一听是去都江堰,二话没说,拉上顾迪珍就跑,路过二王庙时,司机指指已经有些倒塌的庙说:"看看,这地震连圣人都没幸免。"

一个多小时后,到了都江堰,顾迪珍给钱,司机死活不收。二人正僵持时,有人"呼"地拉开车门,问:"师父,回成都不？"

这人的声音怎么这么熟？顾迪珍抬头一看，天，竟是张东川！这可真是芝麻掉进钱眼里——巧极了。

张东川和顾迪珍都十分激动。张东川抱着顾迪珍就亲，边亲边说："珍，想死我了！"

"怎么你的电话打不通？"

"摔坏了。"

"你家里没事吧？"

"我家？"张东川眨眨眼，笑了，"我那个堂客，哈哈，上天堂了！这是老天爷要成全咱们呀！"

顾迪珍早就盼着张东川早点办好离婚手续，可此时，张东川的话让她特别不舒服，她说："你的妻子终归和你生活过，她死了，你怎么还挺高兴？"

"不应该吗？我是爱你的！这是命！命！你信吗！珍，咱们马上回北京。结婚！生孩子！"

"不！"顾迪珍冷冷地说，"现在，我们应该留在这儿，帮助受灾的群众。"

"你疯啦？你不要命啦？你不知地震时有多恐怖。快，亲爱的，听我的，马上离开这里！"

顾迪珍倔强地挣脱开张东川，说："不，要回，你一人回去吧！"

张东川还要抱顾迪珍，可是，顾迪珍反手狠狠地给了他一记耳光，骂道："原来你是这样的人！卑鄙无耻！"

张东川傻了。这时，又发生了余震。顾迪珍感到脚下

风雨桥洞夜

发软，站不稳，张东川的脸都吓白了，对出租车司机说："快，师父，走！"

那司机"嘿嘿"一笑，说："你个棒老二，我不拉你！"

张东川看看顾迪珍，骂了句什么，跑了。

顾迪珍望着远去的张东川，伸开双手，对着天空，大喊："谢谢你，老天爷！你让我看到了丑恶！"

顾迪珍投入到抗震救灾的志愿者队伍中。她平时在家，提一袋20斤的大米都感到累，可是现在，她一天没吃没喝，连续搬救灾物品，竟没感到一点点累。20号那天，在一次帮助灾民转移的时候，突然遇到了山体塌方。为了保护十几个孩子，顾迪珍勇敢地冲上前，孩子得救了，而她却不幸被山上滚下的石块击中，昏死过去。

当顾迪珍苏醒的时候，她不敢相信自己的眼睛，她怀疑自己是不是已经到了天堂或者地狱。因为，她看到，顾保明竟站在自己的面前，和顾保明在一起的还有许多穿白大褂的医生。

看到女儿终于醒了，顾保明的眼睛湿润了，他俯下身。轻轻地说："珍珍，我的好女儿，我为你感到骄傲！你不要动，你的右大腿骨折了。相信爸爸的医术，三个月后，你就会完全康复的。"

顾迪珍望着顾保明，深情地说："谢谢你，爸爸，谢谢你给了我第三次生命！"

顾保明困惑了："第三次，你……"

"爸爸，32年前，是你，把我从唐山地震的废墟中救出，给了我第二次生命，你和妈妈并收养了我。珍珍不懂事，这么多年总惹您生气。今后我不再了！"

"珍珍，你怎么知道这些的？"

顾迪珍调皮地一笑，说："是奶奶告诉我的！我这个名字还是您给起的。迪珍——地震！"

顾保明眼前浮现出自己的老母亲。啊，那个90岁的已经痴呆了的老人，虽然她早已经不认人了，可是，在她的心灵深处，对地震记忆犹新，对珍珍——这个没有血缘的孙女一往情深啊！一句"地震了"，就能将她扯回到深远的记忆岁月中去。

"对了，珍珍，那个张东川就住在隔壁病房。不过，他是因为和人抢着上汽车逃命时摔下来骨折的。"

顾迪珍感叹道："爸爸，他已经和我没有任何关系了，一个不懂大爱的人，不配做您的女婿！"

顾保明爱抚地摸摸女儿的脸，欣慰地说："你呀，长大了！"

"人家早就长大了嘛！"

"是的是的，爸爸老糊涂了。"

"爸爸不老！爸爸永远年轻！"

病房里响起笑声。有人起头唱起了《歌唱祖国》。顾迪珍撒娇地对顾保明说："爸爸，抱我一下嘛！"

怪僻的房客

（北京大杂院故事之二）

上回咱们说了，这大杂院地处白塔寺附近。北京有两座白塔。几乎一模一样，但两座白塔却不是一个朝代的。一座在北海公园琼华岛上，一座在西四路口西边。白塔寺的白塔比北海的那个早建了小四百年呢。这且不说，要说灵验，那还得数白塔寺。有一年西四的白塔裂了一道缝，那地下水顺着裂缝"汩汩"地往外冒，眼看着用不了多久北京城就要被淹了。皇帝老儿也是束手无策，就琢磨着怎么脚底下抹油——开溜呢。就有那么一天，白塔寺附近来了一个锔锅锔碗的大汉，五尺多的身板，黑红的脸膛。什么叫锔锅锔碗的呢？就是老百姓家但凡有摔裂了纹儿的锅碗，已经不能用了，让那锔锅的用小铜铆钉那么一锔，嘿，齐活儿，又能用了。穷人家过日子，断不了找锔锅锔碗的。那锔锅的大汉一吆喝，立马聚了一大帮人，有拿破碗的，有端破锅的。得，这生意就要开张。可是，那锔锅的大汉看了看人们手上的家什，摇摇头，说："太小了，不锔！"嘿，人说店大欺客，你个走街串巷的，也牛起来了。可是没辙。买卖买卖，一买一卖。一头不热也做不成。这时，有个老太太让儿子背了口大缸来，那缸裂了一道二尺来长的缝。谁想那锔锅的大汉看了一眼，仍是俩字："不锔！"为嘛？太小了。气得那老太太跳着脚骂："小小小，那白塔大，你锔去吧！"

当天夜里，人们就听到白塔上有了动静，叮叮当当的，足足响了一宿。到了天亮，人们发现，白塔上那道裂缝被严严实实地锔上了，地下水不冒了。人们这才明白，赶情昨天那个锔锅的大汉是鲁班爷呀，于是，老百姓"呼啦啦"就冲着白塔寺跪下了。

你说，咱们这大杂院处在这地方，是不是有灵气？有仙气？这些年，外地人乌秧乌秧地往北京涌，到了北京，得寻个住地儿呀，就满城地找房子。楼房，太贵。平房，实惠。茅房（也就是北京人说的厕所）没法睡。于是，这大杂院的价值就像温度计掉进开水中，那水银柱"噌噌"地往上升。可这一来，大杂院就更杂了。

要说这大杂院里的人住得并不宽畅，怎么还有闲房往外租呢。其实，谁家也没有多余的房，就拿顾迪珍家来说，算宽畅的了吧，可也就是三间房，租出去了，一家三代四口怎么挤？但是北京人就是能。北京人都是爷。是爷，就能屈能伸。有时爷也得装孙子。为了钱，爷管孙子叫声爸爸也没什么，谁怕钱

风雨桥洞夜

多烫手啊。于是,一家、两家、三家,没几个月,有二十多户人家把房子租给了外地人。自己怎么住,挤呗!

顾迪珍家住的第三进院子靠西头,有两间南房,矮小潮湿,一年到头也见不着几天太阳。这西南房住的是老两口加一个女儿。男主人姓刘,是个司机。开什么车?三轮!见天儿地在北京胡同转悠,拉个顾客,挣个十块八块的。这点儿钱,对他们一家来说,也就将将够个温饱。而这女儿在老两口的眼里,就不是女儿了,是什么?是爷爷,当爷爷供着。这怎么说?原来,她的智力有问题,从小就只认吃喝,不认别的。得,能和顾迪珍她老奶奶搭伴儿了。老两口把这独生女儿从小侍候到大,生怕她受一点点委屈。姑娘到今年已经三十多了,仍是说话不清,看人紧盯,走路歪斜,吃饭死撑。

话说这一天的上午,打外面走进一个男子,三十多岁,梳着现在北京已经少见的小分头,倍儿精神。进了这大杂院,就走走停停,东看西看,虽说人们都猫在屋里呢,可外面有什么动静一清二楚。人们就悄悄地趴着窗户看。这男子不像是贼,也不像是公家人呀。爱管事儿的老王大爷就出来了,问:"同志,您找谁?"您听听,北京人有多客气,张口就是"您、您"的,那男子一愣,挤出一丝丝笑,点点头,欠欠腰,说:"我谁也不找。"

"那您这是……?"

"噢,我想租房。"

王大爷一喜,说:"你跟我来吧!"就拉着那小分头往里面走。怎么呢,王大爷的儿子去南美做生意去了,空了一间房,正打算往外倒腾呢,这不,想睡觉就有人送枕头来了。可是到了第四进院子,那小分头看了看王大爷的房,摇摇头,不干。王大爷愣了,说:"你看看!你看看!我这可是正房,刚刷了的,四白落地儿,又朝阳!我也不多收你的,五百!这价码儿你哪儿找去?可那小分头就是不同意。他撇下王大爷,独自溜达回第三进院子来。他走走停停,停停走走,这屋前看看,那房前瞅瞅,就走到刘三轮的西南屋了。刘三轮的傻姑娘"噌"地窜出了屋,冲着小分头,龇牙就笑。小分头吓了一跳,再一细看,这姑娘,两眼之间,眼距很宽,典型的弱智,也就回了一笑。

这时,刘三轮就出来了,抱歉地对小分头一点头,算是礼节,相当于英语中的"估德猫宁",并饶了一句中国话:"别见笑。她有毛病。"

那小分头没在意,问:"大爷,你这租房吗?"

刘三轮以为自己听错了,左右看看,没别人呀。那小分头又问:"我是问您呐,我想租您这房。"

这个问题刘三轮可是从来没有预想过,所以现在就显得手足无措。可那小分头步步紧逼:"您开个价吧!"

刘三轮把右手大拇指、食指、中指一捻。这是他多少年的习惯动作。可那小分头误会了,说:"七百?行!"

刘三轮愣了,什么,我这房也值七百?不可能,不可能。他一摇头不要紧,那小分头上赶着加价:"得,我给您个整数,一千,怎么样?"

什么叫天上掉馅饼,这就是。一千块钱,刘三轮忙乎一个月也未必能挣得上。他就像被定神法定住了似的，呆呆地不动了。

王大爷正巧赶上，听到了这场对话，直气得六佛升天，心说，我那北房五百你不租，他这破西南房你倒给一千，你是有病吧！

刘三轮的老伴儿不干了，说你把房租出去一间，咱们怎么住？是呀，姑娘虽然智力有问题，但也是大姑娘呀，一个大老爷们和姑娘同居一屋总不雅观。可金钱能主宰一切。刘三轮眼睛一瞪："大不了我去租地下室住，一个月也才六百，咱还赚四百呢！四百，谁给你？"

就这样，小分头在第三天，正式入住刘三轮家的一间南房。

可是，那小分头住进来后，不见他去上班，整天猫在屋里，也不知干什么。刘三轮虽然收了小分头的定金，可是他也不敢闲着，外出拉他的三轮去了。一个大杂院，就显得空空落落。

第二天傍晚，刘三轮刚刚收车回到家，屁股还没落座，就听到外面小分头叫他。他此时最怕的就是小分头反悔，因为他已经把房钱动用了不少，买了一整箱批发价的"二锅头"酒。但是小分头没提这码事儿，只是和他商量，能不能把地面翻修一下。刘三轮半天回不过味儿来，心里盘算：你租我的房，我还得给你修地面，里外里我什么也赚不到呀。就说："水泥地不是挺好的吗。"

小分头忙解释："水泥地返潮，我有关节炎，受不了。

这样，我掏钱，换成木地板，怎么样？"

刘三轮这才松了口气，脑瓜儿一转，就耍起了"京油子"的聪明劲儿，轻轻念秧歌："你那屋翻了，我这屋呢？"

"一块动！一块动！"

嘿，刘三轮美得不知东南西北了，这真是千年遇一回的事，也不知什么时候烧的高香。

从那以后，小分头的房子里，就时不时地传出一阵阵敲击声，这声音虽不重，可是却让隔壁牛老太太忍受不了了。她拄着拐杖，一步一颤地走到小分头的房子前，用拐杖"笃笃笃"敲门。小分头开开了门，一脸的茫然。牛老太太问："你瞎捣鼓什么呢，害得我心乱跳。"

"您？"

"我有心脏病。"牛老太太指指自己的心口，说："好多年没犯了，让你给敲的犯了。你得赔！"说罢，扭扭歪歪地走了，把个小分头晾在那儿。

这事儿引起了王大爷的关注。他为小分头不租他的房本来就窝着火，此时，可算逮着了空子，就来个"官报私仇"，张手向小分头要身份证。没想到小分头也是见过世面的，反问了一句："您老儿是公安还是街道的？"王大爷被噎了个大窝脖儿，臊眉搭眼地回去了。没有十分钟，他又出现在小分头的面前。这回，他的左胳膊上套了一个红箍，那就像是奉了圣旨，成了钦差大臣一般。小分头一看，愣了，乖乖地掏出了身份证。王大爷只扫了一眼，就把那18位数字记得倍儿清。

风雨桥洞夜

王大爷出了大杂院,直奔了一个地方。哪儿?派出所。到了那儿,他把小分头的身份证号码一二三四数到底儿地背了一遍,让警察查查这小子是哪儿的。这一查就查出问题来了,怎么呢,这身份证是假的,网上没有。警察看看王大爷,说您是不是记错了,王大爷拍拍胸脯,说:"我要是记错了,我给你倒着爬!"边说边还用手比画出王八的形象。

警察就重视了,到了大杂院,把刘三轮和小分头全传到了派出所。警察先察看了小分头的身份证,果然和王大爷背得一模一样,就开始讯问。可小分头来个徐庶进曹营——一言不发。

警察又吓唬刘三轮,问他为什么出租房屋不到派出所备案,不查看租房人的身份证。刘三轮哪见过这阵势,悔得肠子都青了。

再说那小分头,越不说话疑点就越大。但是警察也明白,他们的权限就是24小时,到点儿没有确凿的犯罪证据,就得放人。时间一小时一小时地过去了。小分头很沉得住气。到了半夜,所长来了,在小分头面前一坐,笑着说:"你保持沉默可以,你不说你的真实身份也可以。我现在在网上进行一场'人肉搜索',我就不信查不出你是谁。"

一听这话,小分头立马傻了。网上的"人肉搜索"比福尔摩斯还厉害,只要把要找的人的照片一上传,得,全中国,甚至全世界的网民都参加,你说你能跑哪儿去?除非你是从火星上来的,谁都不认识你。

小分头额头冒汗,向警察要了一支烟,说:"我的身份证是从地摊上买的，假的。我的名字叫小野三村。"

警察皱眉："你怎么起了个日本化的名字？"

"我就是日本人！"

天，一下子性质变了，变成了涉外案件。

小野三村说，他的爷爷60多年前就在这大杂院呆过，因为那时这院子是日本宪兵司令部。1944年秋，小野的爷爷出于正义感，搭救过一个关在这里的中国人，是个女的，她的名字叫陈玉书。当年远东军事法庭审判时，小野的爷爷说了这事，想以此减轻罪责。可是。经过调查，没有找到陈玉书这个人。几十年中，小野的爷爷多次提出这个问题，想证明自己没有说假话，但是，一直没有查清。难道她灰飞烟灭了？这不可能呀。老人记得，陈玉书是从秘密挖掘的地道逃跑出去的。她跑掉的第二天，宪兵司令部就把这个口填埋了。

正规途径走不通，老人就想通过民间的方法求证，他自己已经90多岁了，为了能在有生之年讨个"说法"，他让自己在北京工作的孙子小野三村，特意找到这个大杂院，要找到当年那间关押陈玉书的房子，要找到这个地道口。要向世人说一个传奇故事。

真像是天方夜谭。

警察们将此案上报，又通报了党史办等有关单位。嘿，你别说，党史办的人当时就说："陈玉书，有这个人，她当年 是北平地下党秘密交通员。哎呀，她家里的人找我们找了无数次了，一直要我们证明陈玉书是烈士，可我们活不见人，死不见尸，苦于没有证据呀。"

风雨桥洞夜

经过批准，在明朗的一天，有关部门在刘三轮家的两间南屋破土动工。当然，刘三轮算是抄上了，政府给他们一家另行安排了住处。不过，那天刘三轮也来了，还对小分头，不应该是对小野三村先生友好地点了点头。

水泥地一掘开，没费多大工夫，就挖出了一个窄小的地道，侦察员探身进去，十几分钟后，从里面拖出一副骨架。

几天后，经过化验，证明那副骨架就是陈玉书的。64年前，她已经踏上了自由之路，可为什么在最后的关头又没能走出去呢，是突然发病，还是其他原因，成了一个永远的谜。不过，政府追认了她为革命烈士。小野三村的爷爷通过视频，在日本看到了这一场面，老人激动地喊道："日中友好万岁！我们不要战争！"那一刻，在场的人都流下了热泪。

大杂院的传奇上了北京新闻，上了报纸。哪天的报纸，对不起，忘记了。

社会万花筒之中国好故事系列丛书

混混关爷

（北京大杂院故事之三）

上回咱们说了大杂院的第三进院子里，刘三轮和小野三村的故事。那个北京解放前的地下党员陈玉书在牺牲后64年，才得以获得烈士的称号，也算是对她在天之灵的一个小小的慰藉。后来上映了电影《集结号》。有人就说，这片子的灵感就是编剧从咱们大杂院里得来的。吹吧！吹牛从来不用上税的。

刘三轮虽然被政府安排了住处，可是他没多久又搬回来了。为吗？他说住楼房不习惯，不仅不接地气儿，而且就像困进了鸽子笼里，连胳膊腿儿都伸不开。最重要的是楼房里的人都太客气。客气的就是和你处了十年，你都不知人家姓什么，叫什么。

刘三轮搬回了大杂院，他就仍想把那房子租出去。虽

风雨桥洞夜

说他也知道，没有哪个冤大头会像小野三村那样，一月给他一千块钱。他琢磨，一个月就是给个三五百也是钱呀。谁想到，此一时，彼一时。当时小野租房是有目的的。现在这房子出名了，可谁都知道这是"凶宅"，是死过人的，而且人就死在这房子里整整64年。

房子租不出去，刘三轮就喝酒浇愁，他不是批发了整整一箱子"二锅头"呢吗。有时喝高了，他就长吁短叹，说人算不如天算，前俩月发横财的是我，现今把空房子砸手里的也是我。

没想到，风水说来就来。这天，居委会给刘三轮介绍了一个房客，是个单身男人，但是房租只给二百。刘三轮一听，头摇得像拨浪鼓，说我这房再不值钱，也不能只有这个价儿吧。居委会的大妈说了："就你这房，死过人，别说给你房钱，你就是倒贴，看看谁愿意来。"刘三轮一寻思，也是这么个理儿。再说了，现在老伴儿也不让姑娘单独住那间房了，说怕被邪气"冲"了。这房空着也是空着，不如先淘换俩钱花花。麻雀不大，放在锅里也是肉呀。

话定下后，第三天下午，那房客就搬来了。那天正好刘三轮修车，猫在家没出去，见证了那人搬家的全过程。要不是他亲眼看到，打死了他，他也不相信。为什么？那房客可好，全部家当还装不完半辆三轮车。一条被子，一个脸盆，一个破火炉子，一个纸箱子，得，齐活儿！

刘三轮好歹也是房东呀，看看那男人搬好了，就主动上门，以示问候。那人四十来岁，背有点微驼，干瘦干瘦的，一张风干的脸，没有任何表情。一番打听，知道这人姓关，刘三轮就客气地说："噢，是关爷！从今后，咱们就是邻居了，多关照啊！"

牛老太太这时挂着拐杖一步三摇地也上门了，说："老关呀，还没笼火吧？我那有现成的煤，你先夹过来。要不，这屋多阴冷啊！"要不是刘三轮紧着使眼色，牛老太太保不定就得把这屋的阴冷和陈玉书扯上。

北京大杂院里的邻居关系最融洽、最铁，牛老太太可不是天桥的把式，光说不练。她不一会儿就把一块烧红的蜂窝煤给老关夹来了。老关呢，点点头，算是感谢。屋里有了火，立刻就温暖了许多。

刘三轮本来还想多和老关套套近乎，问一问他在哪儿工作，家中还有谁什么的。可看老关一副爱搭不理的样子，就知趣地走了。

第二天，第三天，老关也不出门上班。嘿，他也像那个小野三村似的，足不出屋了。而且，他还有气管炎这类的病，一天到晚不停地咳嗽，咳得山崩地裂，连刘三轮的房子都被震得"嗡嗡"地。

但是邪性儿了。自打老关搬进大杂院，这院子里可就发生了事儿，什么事儿？就是连着好几家的门被撬，丢了东西。这可是大杂院多少年没有发生过的事儿。片警小李来了，勘察了一番，也勘察不出什么结果来。只是希望大家都换上街道推广的保险锁，平时在家的人多警醒着点，有事儿，就立即打派出所的电话。

风雨桥洞夜

小李这是例行公事。大杂院人的心里可就犯了嘀咕，怎么早不出事儿晚不出事儿，这老关一搬进来就出事儿呢，莫非招进个狼来？从那以后，不光是第三进院子里的人，就是前后院子里的人都知道来了个老关。老关一来，大杂院就开始丢东西了。孩子们还编出了童谣：老关老关，罗锅斜眼儿，晚上干活儿，白天踩点儿。

当然，这童谣孩子们谁也不会当着老关的面唱，要那样，不是找啐呢吗。但是关老似乎察觉到了。开始了他的找碴儿报复。

那天黄昏时分。刘三轮收车回家，刚把车推到自家门口，一看，咦，谁把一个尿盆搁自己家土筐（垃圾筐）上了。再一细看，火"噌"地窜了上来，这是老关的。好吗，老关你也会欺侮人啊，你以为我刘名学（对了，刘三轮的大名叫刘名学）不是爷们儿呀，撑不起门户啊？于是，抬起脚，"咣"地将那尿盆给踹到地上了。刘三轮踢完了尿盆，就站在门口。他等着老关出来骂大街。这叫什么？叫迎战！可是等了半天没动静。于是刘三轮嘟嘟囔囔地进了屋。十几分钟后，他出来倒炉灰，不经意地一瞥，喝，不知什么时候，老关的尿盆又端端正正地放在了自己家的土筐上了。刘三轮这个气呀，抄起尿盆，一甩，就"砰"地摔到了老关的门上。

这时，老关的屋门"吱呀"一声开了，老关似乎没睡醒似的钻了出来。他穿着一件破棉衣，抖动了一下肩膀，说："干吗呀，刘爷？"

刘三轮怒气冲天，问："你问我干吗，我还要问你呢？你把夜壶放我们家土筐上，什么意思？"

老关冷冷一笑，嘴里蹦出仨字："我愿意！"

嘿，有这么气人的吗？刘三轮挽了一下袖子，挥挥胳膊，说："你他妈的找揍是不是？"

那老关不仅没退，反倒迎了上来，拍拍胸脯说："来呀，朝这儿打，不打你就是孙子！"

这不是拱火吗。刘三轮抡开了胳膊就要开练。就这时，他老婆以刘翔那样的速度"呼"地从屋里冲出来，一把薅住了他，说："好人不和狗斗！他那棺材瓢子的架势，巴不得找吃饭的地方呢。"

一场即将爆发的战争瞬时烟消云散。只剩下老关一人，在北风中站在院子里跳着脚地叫横儿："孙子，不敢了是怎么地？爷爷我还就是不怕！"

这事儿院里的人都听见了，可是谁也没出来劝架。北京人爱管闲事，可对像老关这样的混混儿，是躲都躲不及。

第二天上午，刘三轮揭开地上水表井的盖，准备拧开开关，放水打水，可是一看，愣了，怎么呢，满满一井的水，把水表、开关都淹没在水中。老北京的平房院子，都是大伙共用一个水龙头，一个水表，到了冬天，每到下午上冻之前，就得放水。也就是把地面上自来水水管里的水放干净，以防夜里冻了，然后把水表井里的开关拧死。现在，水井里一井的水，不用说，这是有人故意搞的，除了老关，没有别人。刘三轮就骂。可是天下，有找钱的，有找乐的，就

风雨桥洞夜

是没有找骂的，老关就是不接茬儿。刘三轮骂归骂，还得找了水桶，一桶一桶地往外掏水。他的骂声大伙都听到了，于是大伙纷纷出来，帮着掏水，东一句西一句地声讨那个缺德的东西。

按理说老关应该收敛了吧，不，没过几天，水井又满了。牛老太太就自告奋勇地找了老关，说："大兄弟，这水井放完了水得关上……"可是，还没等牛老太太说完，老关就肩头一耸，说："你逮着我了吗？红嘴白牙地胡咧咧啥？你呀，哪凉快到哪儿待着去吧啊！"直气得牛老太太当时就觉得心绞痛，赶紧吞了三片硝酸甘油。

经过这些事儿，刘三轮明白自己摊上了个混混儿房客，于是找居委会，说我的房不租了。但是没想到，老关不搬。这可真应了那句老话，"请神容易送神难！"

好在咱们现在是法制社会，于是刘三轮找了片警小李。小李就找了老关，足足和老关谈了七七四十九分钟。小李临走时，老关还客气地送小李，边点头边说："您放心！您放心！"

也不知老关说的放心指的是什么，反正他从那天开始，又添了毛病。就是前后五进院子到处转悠，就像巡视似的。大杂院虽然大，五十多户人家，几百口子人，可是大白天，全大杂院在家的人也大都是老弱病残，能动的都在外面挣钱呢。吓得家家把屋门关得严严的。生怕这个老关会干出点什么来。

住在第四进院子的老王大爷，早些年在街道干过治保委员，要不怎么家里还有红袖箍呢。他就凭着一双警惕的眼睛，紧紧盯着老关的一举一动。

那天下午，正是人困马乏的时候，老王从玻璃窗后看见老关从前院进了后院，东瞧瞧，西瞄瞄，轻手轻脚地又迈进了第五进院子。老王一个机灵，天，他莫不是要干坏事。他老王大爷就要给派出所打电话，可是一按电话才想起，为了省钱，自家的座机早就报停了，而手机自己又没有。老王大爷这时就急，急得不知怎么办好。好个老王大爷，关键时刻挺身而出。冲出了屋，急急地跟到第五进院子。他远远地就看到老关正趴在北房一扇窗户前往里看呢，然后，这老关走到门前，只见他用手那么轻轻地一拧巴，门就开了，随即钻进了屋。这一切，把个老王大爷看得直愣神。这个老关，果真身手不凡，锁得严严实实的门，他一下子就弄开了。

老王大爷顾不上什么了，俗话说：抓奸要双，抓贼要赃。此时不出动，更待何时？老王大爷三步并做两步，两步并做一步，"嗖"地就冲到了北屋门前，他刚要拉门，就看到那门自动开了，"砰"的一声，迎面将老王大爷重重地撞到了地上。老王大爷还没有反应过来，就见老关和一个女人互相扭着从屋里出来了。这下子老王糊涂了。这是演的哪出呀？

老关这时什么也不说，就是死死地扯着那女的，而那女的看见老王大爷后，一下子急了，大喊："抓流氓！他对我非礼啊！"

老王大爷听到了，心中的火"噌噌"地往外窜，心说，好你个老关，不仅手脚不干净，还爱偷腥呢。于是从地上一

风雨桥洞夜

跃而起，抓住老关的胳膊，下死力地一扳，那老关没有防备，一下子松了手，那女的立马跑了。

老关火了，对老王大爷吼道："你干吗放了她？她是贼！"

老王大爷差点笑出来，什么，她是贼？这真是贼喊捉贼呀。但是老关紧接下来的一句话，让老王大爷傻了眼儿："她是这院的吗？你认识她吗？"老王大爷一寻思，是啊，这女的是谁？北屋住的是一对中年夫妻，没有别人呀。这女的又是如何进的屋呢？老王大爷还没有醒过味儿来呢，那老关已经把老王大爷死死地抓住了，说："爷们儿，甭给我玩这一套，你和那女贼是一伙的！走，找地方说道说道去！"

这可真是的，老王大爷好心没有好报，此时有口难辩。正这时，片警小李赶来了，是有人报了警。小李让老关松了手，并说："关师父，谢谢你了。"老关呢，一下子神气万分，用鼻孔对老王大爷轻蔑地"哼"了一声，扭头回了自己的院子。

晚上，那北屋的夫妻回来了，点了点东西，还好，没丢什么，只是箱子被翻了个底儿朝天。两口子听说了白天的事儿，马上提了两瓶"五粮液"给老关送去，说没有老关，那女贼就不定会把这个家什么值钱的家什都顺走了呢。

这下子，老关似乎成了英雄，老王大爷蔫了。可是老王大爷心里不服，怎么琢磨怎么不对劲儿。哪那么巧，那老关就赶上了贼作案。弄不好是老关发现我跟踪他，于是和那女贼串通好，演的一场戏呢，目的吗？大概是为了转移众人对老关关注的视线吧。

为了弄个水落石出，老王大爷托在政法部门的亲戚查了查，这一查，查出了老关的底儿。天，这老关敢情是被判过20年刑期的老贼。20年，他犯的事儿能小了吗。这老关，底儿潮呀！从那后，老王大爷再见到老关，就昂首挺胸，一副不屑一顾的神色，潜台词是："就你，小样儿！到哪儿你也是个劳改释放犯！"

更有趣的是，那天老关外出，竟被打了闷棍。要不是小李来看望，谁还都不知道呢。老关的脑袋上缠着纱布，只露出了一双小眼睛。不过，一向热心的大杂院人没人来看望老关。老关虽然住在这院儿，可没人把他当成自己人。

这天下午，北京下起了雪，纷纷扬扬地，好大。大杂院的人忙出来扫雪。这时，有个中年妇女进来了，问："关学友住这儿吗？"大伙就摇摇头，说没有。那妇女不信，自言自语："人家说是住这儿呀。"边说边朝里走，大伙就跟着她，生怕再发生什么幺蛾子。这时，顾迪珍说："你是找老关吧？"大伙一想，是呀，关学友关学友，不就是老关吗？顾迪珍就冲那南屋努了努嘴。

那中年妇女就高声大嗓地喊："老关！老关！"可是老关明明在屋里，就是不搭茬儿。那女人就开始擂门"砰砰砰"地，可老关仍旧不开门。那女的就哭了，哭着哭着，竟当着众人一下子跪在了雪地上，哭着说："老关呀老关，我知道我这辈子对不起你，我知道错了，看在孩子的面儿上，你饶了我吧！我好好伺候你下半辈子！啊，开开门吧，我求你了……"

风雨桥洞夜

大伙你看看我,我看看你,都不知该怎么办。有事儿找警察啊。有人就给小李打电话。不一会儿,小李来了,一看,就上前敲门。老关挺给小李的面儿。门一下开了,那女的一下扑了上去。小李对众人挥挥手,那意思是别在这儿看热闹了。

第二天,全院的人都知道了这个老关的底儿。他结婚后,老婆总是闹,闹什么,骂他没出息,不会赚钱。结果,老关为了显出男子汉的本事,走上了歪道,加入了一个盗窃团伙。没料到,老关点儿有点背,一次出手时,钱没偷到什么,只顺了几张纸。他随手就扔了,可是没想到,那是国家绝密图纸。为这个,他被判了重刑。老关恨透了老婆,看透了人生,也把世上一切都看淡了。出狱后,他不愿回家,让警察帮他找了这儿住下来。没想到这些日子,大杂院连着发生失盗的事儿。他就明白是过去的"朋友"在给他作局,是想让他重新归山。老关不愿意。他想踏踏实实地过好下半辈子,为此,那伙人心狠手毒,打了老关的闷棍。那天,他在第五进院子抓到的那个女人,他并不认识。可是后来他回忆起,那个女人在一个"朋友"的照片上看到过,凭这个,他协助警察破了这些日子发生在大杂院的系列案件。

老关的事儿明了。老关在街道的资助下,在大杂院外面摆了个修车修锁配钥匙的摊子。他老婆在家给他做饭。孩子们又唱起了童谣:老关老关,眼亮心明,破了大案,是个英雄!老关听到了,笑了。有人看见了,就说:"哎,那老关笑起来,也挺招人待见呢!"

社会万花筒之中国好故事系列丛书

风雨桥洞夜

一场暴风雨在半夜时分如期而至,整个城市立刻就像陷入水国之中。除了必要的工作人员在外面值勤,人们都猫在家中躲避这百年不遇的狂风暴雨。这时,在光明立交桥阴暗的桥洞下,有一个老年乞丐正在艰难地"抢救"自己蜗居的栖身之地。说是栖身处,只不过是依着桥洞的地势,用塑料布、纸板、木棍等搭积起来的一个小小的三角形的容身窝棚而已。这窝棚虽然是在桥洞下,雨水侵犯不了,但是因为风大,这个"小屋"几乎被吹到半空中。老乞丐死死地用自己的身体重量压着随风飘舞的塑料布,生怕它们会离开自己。

突然,"门"被掀开了。老乞丐还没有反应过来,随着风的呼啸而入,一个人像幽灵般地钻了进来。老乞丐一个激灵,一动也不敢动,他用死鱼样的眼睛在黑暗中紧紧地盯着对方。他怕,怕这不速之客会要了自己虽然不值钱但还是宝

风雨桥洞夜

贵的生命。这种传闻他已经听到多起了。上个月,那个江西的小乞丐就是半夜被人捅死的,至今还没有找到凶手。

这是个高大的男人。他用手电照了照这个窝棚,不由皱皱眉,又下意识地用手捂住了鼻子。在这桥洞下的窝棚里,他根本直不起腰,他犹疑了一下,最后还是选择"坐"了下来。

老乞丐不解其意,但是他知道这绝不是同道中的人。于是,他发出嗡嗡带着颤动的声音:"我、我没有钱,只有命。"

那个男人没有说话,除了风雨声,这个窝棚里死一般地寂静,令人感到窒息。

老乞丐重复了一遍:"我真的没有钱。"

那男人轻轻地清了清喉咙,说:"你是张道江吧?"

虽然窝棚里十分黑暗,但那个男人还是感觉到老乞丐身子一颤。那男人以一种居高临下的语调又问:"我在问你,你是张道江吧?"

老乞丐"嘿嘿"笑了一下,说:"你找错人了!"

"不会错的!"那男人打开手电,照了照老乞丐,说,"没错,就是你!"

老乞丐倒冷静了下来,问:"你是谁?你要干什么?"

"我是国家安全厅的——"

那男人还没有说完,老乞丐就忍不住笑了起来:"安全厅的?找我,一个穷得吃上顿没下顿的叫花子?你神经有毛病吧!"

那男人二话不说，扬起右手，"啪"地给了老乞丐一个大耳光，骂道："别给脸不要脸，还想再进去吗？"

这记耳光把老乞丐打得清醒了，他明白，这个人是真的有来头的。但是，这老乞丐不会就这样屈服，他往前凑了凑，细细地看了看对方，轻轻地问："你是里边的？"这"里边"指的是监狱。20年前，老乞丐，也就是张道江，他曾是江南八省赫赫有名的神盗。他行窃几十年，从来没有失过手。可是，那次，唉，仅仅偷了一件对他根本一钱不值的东西而被判了重刑。什么东西？一份装在高级皮包里的国家绝密图纸。10年后，他从监狱出来了，他决心金盆洗手，再不干偷窃的勾当。从那以后，他就来到这个陌生的城市，开始了乞讨的生涯。10年了，他与盗窃界的人断绝了一切往来。他生活在社会的最底层，虽然生活的十分艰难，可是心里面很从容自在，现在，怎么又有人主动找上门来了呢？张道江此时不说话，他在等着对方开口提要求。

果不其然，那男人一字一顿地说："我们"。他特别强调了"我们"二字："我们要你在明天，务必将一个人的手表拿过来。"

张道江明白，这里的"拿"就是偷。可是他不明白，现在，谁还稀罕一块手表？你就是浪琴、宝珀、帝舵、江诗丹顿、天梭，真正的使用价值又有多少？他问："为什么？"

那男人有些不耐烦，提高了噪音："别和我讨价还价，要你干的，你必须干，否则……"

"怎么，还能要了我的命不成？"张道江有些抵触情绪。

风雨桥洞夜

　　那男人稍缓和了一点，说："这活儿，非你出手。别人谁也玩不转。我们，也是在研究了你的特长之后才决定用一次你的。现在，全国能找出像你这样，神不知鬼不觉拿下手表的人没有第二个了。"

　　"可是我，早就不干这个了。而且，20年不干，手生了。"

　　"不！"那男人笑了起来，笑得令人毛骨悚然，"半年前，你不是还帮助过一个女人吗？"

　　张道江闻听此话，不由一哆嗦，那天的事像回放的电影镜头，又在他眼前一一闪过。那是他偶然一次乘公交车，因为，他是特意去宾馆看望从外地赶到这座城市来看他的儿子的。为这个，他换了一身衣服，在车上还为买票的事和售票员争执了好半天。也就在争吵的时候，他的眼睛看到了一幕他最为熟悉的动作，一个窃贼极快地将一个女人的钱包偷到了手。那女人很快就发觉东西丢了，她歇斯底里地大喊大叫，因为，钱包里的钱是她丈夫的救命钱。可是，全车的乘客谁也帮不了她。有人提议司机将车开到派出所，可有人反对。那女人第六感觉告诉她，是她身边的那个年轻男子偷了他的东西，她一把揪住他不放。那男子有些急了，张道江看到他要掏出刀子行凶了。如果是这样的话，即便抓到了窃贼，那女人十有八九也会受伤的。张道江一个急步上前，对那女人说："大姐，别空口伤人啊。"就在那女人准备反唇相讥时，张道江又拍拍那个窃贼的肩头，说："别理她！别动真气，气大伤身啊。"也就在这几秒钟内，他已经将那窃贼身上的钱包一下子转移到了女人的身上。

这个事，天知，地知，张道江自己知。可眼下这个所谓安全厅的人怎么也知道，难道，我出狱后仍时时处处在他们的监视之下？张道江的汗水冒了出来，天呀，太厉害了！但同时，张道江心中冒出了一个念头，莫非他是……于是，他张口说："你是……"

突然，一个极响的炸雷在桥的上空炸响了，炸得窝棚都直摇晃。张道江身子一晃，猛地意识到了什么，他闭住了嘴。

那男人说："这是国家对你的信任，是你一个将功补过的机会。"

张道江点点头，问："您具体点说。"

于是，那男人一二三四说了如何行动的步骤。说完，那男人将厚厚一叠钱递到张道江的手上，说："明天此时，我再来取东西。"

"不，我把东西送到您单位吧。"

男人摇摇头，说："此事牵扯到国际关系，千万不能让人知道是国家出面让你干的，明白吗？"

"明白，明白。"张道江说，"感谢政府的信任。"

第二天，雨过天晴，骄阳高照。张道江第一次主动给远在北京上大学的儿子打了个电话。他说："儿子，等你明年毕业就直接回家吧，你爹我不再在这儿干了。"

儿子问为什么，张道江什么也没有解释，就收了线。

按那男人的说法，张道江果然"等"到了那个目标，也神不知鬼不觉就把需要的手表拿到了手。最令人叫绝的是，

风雨桥洞夜

几乎是同时,也就是将那个人手表摘下的时候,张道江将一块样式几乎一模一样的手表给那个人戴到了手上。这样,就大大延缓了他发现手表被窃的时间。当然,这块调包的手表是昨夜那个安全厅的男人给他的。

夜,很快就降临了。张道江什么也没有吃,静静地等候。当海关大楼的钟声敲响十下时,那个男人如约而至。虽然窝棚里仍是漆黑的一片,可张道江看到那个男人化了装,他戴着一副不合时宜的大墨镜,穿着大翻领的风衣,那人进来后也不坐,弯着腰,冲张道江一伸手,冷冷地:"给我!"

张道江一笑,说:"对不起,那玩意儿没在我手上。"

"什么?"那男人没有料到,一下子没有反应过来,"你说什么?"

张道江平静地说:"我已经把它及时交给你们安全厅了。"

"你——"那男人不相信,打开手电,照着张道江的脸,然后说,"你在撒谎!为什么?"

"为什么?"张道江说,"如果我真的把那玩意儿交给你,那我马上就会在这个世界上消失。"

那男人点点头,又摇摇头:"老东西,你要为你的行为付出代价的。你背叛国家,竟与境外人员勾结,你必须马上死!"说着,掏出了一个打火机。

"慢!"张道江拦住那男人,说,"你不想听听我再说些什么吗?"

"说，说什么？"

"昨夜，你的行为告诉我，你不是安全厅的人。"

那男人笑了，笑得这个小小的窝棚都在颤动。他伸手从衣服口袋里掏出一本证件，在张道江眼前晃了晃，说："老东西，在你死之前，让你看个清楚，这是不是安全厅的工作证？"说罢，他又好奇地问："你为什么要这样？为什么？"

"因为，你专门选择昨天那个风雨夜来找我，是为了躲避监控镜头，你没有对我说起那句接头术语。虽然10年了，我差点忘记了。"

听到此，那男人一颤，问："接头术语，什么术语？"

张道江此时已经将自己生死置于一边，他自言自语地说："20年前，因为我的盗窃，给国家造成重大损失，我虽然坐了牢，可心里永远感到愧对国家。后来，监狱里的管教告诉我，那次我的得手让安全厅感到有内鬼。但是是谁，他们一时排查不出。我自告奋勇说要帮助他们。没想到他们竟相信了我，给了我一个长期潜伏的任务，他们说，因为我的盗窃技术，这个内鬼很可能会找到我的。没想到，这一等，我就等了10年，终于把你等来了。"

那男人听到这，已经明白了。他什么也顾不上了，三十六计，走为上。他推开张道江，一个箭步冲出窝棚，可是，他看到，外面，已经站满了武装特警。

一个人走到张道江的面前，紧紧地握着他的双手，说："谢谢你，老张同志！不容易啊，让你等待了10年。终于为

风雨桥洞夜

国家排除了蛀虫!"

张道江不好意思地摇摇头,说:"应该的,应该的,我这算将功补过。领导,我能用一下您的手机吗?"

张道江给北京的儿子打了个电话,他激动地说:"儿子,爸爸骗了你,我在这儿没有什么正式工作,只是一个乞讨者,不过,爸爸给你的学费都是干干净净的。而且,今天,爸爸干了一件大事……"说到这儿,他哽咽了,他想起了一句佛语:放下屠刀,立地成佛。自己有过罪恶,可今天,自己干了一件漂亮的事!

人走茶不凉

章少辉利用五一放假时间，自驾车去旅游。去的地方是刚刚开发出来的银镜山。可是真真是倒霉，眼看快到了，车抛锚了。在这前不着村，后不着店的山区，章少辉和他的几个朋友全傻了。

情急之中，章少辉突然想起了一个战友，叫毛启发，好像他就是这个地方的。于是通过辗转的电话，终于联系上了毛启发。嘿，巧的是，这个毛启发就住在他们出事三里左右的地方。

一伙人乐得蹦了起来，就像是冰天雪地中，饿得前胸贴后背时，拣到了一块热乎乎的烤红薯似的。不一会儿，毛启发亲自开着车来了，把他们的坏车挂上，"呼呼"地开到了自己家。这是一个挺大的院子。然后是战友相逢，一顿好酒。酒过三巡，章少辉提出了借车继续旅游的要求。谁知毛启发却一口拒绝了。说自己明天一早就要去省里有重大事儿

风雨桥洞夜

要办,实在是不行。章少辉是谁,当年的侦察兵,就笑着说:"哥们儿,我们不用你这车,用那辆旧吉普就行。"说着,用嘴朝院子角落那儿一咴。

院子的一角,停着一辆破旧的北京吉普车。看得出来,已经好久不用了。车上蒙着厚厚的一层尘土。

毛启发苦笑笑,说:"你的眼真尖啊。那车,是人家给我抵债的,二十万,就给了这辆车。我亏大了。"

"接着要啊!"

"要?要个屁。人都凉啦!"

"怎么讲?"

"死啦!"

大伙一阵沉默。毛启发说:"不是我不借你这车。这车是事故车,它的主人就是开这车出的事儿。不吉利。你敢开吗?"

大伙你看我,我看你。谁也不说话。章少辉寻思了一下,与其在这空耗着,不如闯一下。我一个侦察兵,战场都上过,死人都见过,难道还让一个事故车吓倒了不成。

毛启发看章少辉是真要借,也就不好再说什么。于是主动帮着拾掇。加水,查机油,加汽油,一打火,"轰"地动了。大伙就齐喊:"万岁!"

几个人上了车,章少辉驾驶,向着山里开去。这车虽然旧是旧,可是性能良好,速度也行。大伙就一边看着美不胜收的山景,一边唱起了歌。有人说,没想到这地方真美!有山有水有公路,怎么就少为人知呢。章少辉说:"咱们是赶上了。用不了多久，这地方就得开发。到那时候，旅游的人就会乌秧乌秧的，弄不好就得污染了。"

拐过山角，就正式进山了。扑面而来的山风都夹裹着阵阵清香的气味儿。谁知走了没多远，就看到有人在路边拦车。拦车的是个四十岁左右的男子，他看看车牌，点点头，然后扒在车窗前一个劲儿往里看，边看边嘟囔："咦，左书记呢？"章少辉说："老乡，这儿没有什么左书记右书记。我们是旅游的！"说罢，就慢慢地往前开，那个老乡还一路小跑跟着，边跑边喊："等等！等等！"

有人说："哥们儿，咱们遇上精神病了！"

"嘿，没准是劫匪呢。"

章少辉一笑："要真遇上抢劫的，我正好松松筋骨。"

章少辉一行人走走停停，看风光，拍风景，好不快活。到了中午时分，大伙才感到肚子提抗议了。可是这银镜山是个没有正式开放的旅游点，旅游设施都不配套，连个卖东西的地方都没有。有人开玩笑说："咱们化缘去得了。"

说是说，车继续前行。但是当爬上一个缓坡后，章少辉突然看到前方有二三十人把路堵死了。他的第一反应是：抢劫！但是，在这光天化日之下，难道有这样大胆儿的劫匪？不管怎么样，三十六计，走为上。章少辉一打方向盘，就要掉头。谁知，那些人比他的速度快，眨眼儿的工夫，"呼"地围了上来。章少辉正不知所措，有人说："嘿，是卖吃的人！"章少辉一看，可不是嘛。这些山民，一个个端着脸盆，抱着布兜，纷纷往外掏吃的。有玉米，有红薯，有鸡

风雨桥洞夜

蛋，有大饼……

章少辉问："老乡，多少钱？"可是没有一个人回答他的话，只是不管不顾地争着往车里塞东西，生怕章少辉他们不要。呀，这是要把东西强卖给我们呀。章少辉苦笑着摇摇头，心说：罢罢罢，就等于我们买回纪念品了吧。

那些老乡边往车里塞东西边往车里瞅，嘀嘀咕咕地问章少辉他们："左书记呢？他没来？"

又是左书记！章少辉明白了，这车大概就是左书记的车。可是，如果这左书记已经死了，怎么这些老乡竟不知道呢？他琢磨来琢磨去，琢磨不出其中的道道。而当章少辉等人给老乡钱时，他们竟没有一个人收。咦，难道左书记的面子这么大？是不愿意收还是不敢收？

当车子摆脱开这些老乡，继续开行时，在人说："呀，你们看！这些老乡……"

章少辉通过反光镜一看，他看到那些老乡竟都跪在了地上。

傍晚，章少辉一行回到毛启发的家。他说了今天的奇遇。毛启发听了，久久无语，然后问："你说的是真的？"

章少辉说："我又不是作家，给你杜撰新闻干什么？"大伙也附和着说是的是的。毛启发就什么也没说，摇摇头，说："累了，睡吧！"

第二天一早，毛启发就把章少辉等喊醒了，说要带他们去一个地方。怎么，这银镜山还有好去处？大伙兴致勃勃地上了车。毛启发边开车边说起了左书记，"书记叫左开山。

他人叫这个名，干的也是开山的事。自打他当了银镜山镇的书记后，近乎疯狂地开始了一项工程，就是修路。为此，到处借钱，向银行贷款，向私人借钱。其中也有我毛启发，说好了三年后连本带利一齐还，谁知他竟出车祸死了。不过，我当时估摸着，他也捞足了。这年头，当官的，都抱着一个想法：牺牲一个人，幸福一家人嘛。"

说到这儿，毛启发不说了。车里死一般沉寂。章少辉等也不知毛启发闷葫芦里卖的什么药，只好以沉默回答。

车开到一个村户人家。停了。汽车的到来，引得主人出来了，是一个中年妇女。她看到毛启发，立时一脸的尴尬，说："原来是你。对不起，那钱……"

毛启发什么也不说，只是四处打量。章少辉看到，这个家实在很破旧。几只鸡围着人们在地里刨着食。

毛启发看了半天，才转过身。对那中年妇女说："大嫂，我今天来，不是向你讨债的，是来证实一件事儿。"

那妇女感到茫然。毛启发说："左书记的坟在哪儿，带我们去看看！"

当大伙站在左开山的坟前时，震惊了。他们看到，这坟的前前后后，左左右右，摆满了映山红和纸钱。是啊，清明节刚刚过去啊。他们知道，这花和纸钱都是老百姓送来的。

告别大嫂时，毛启发拿出了厚厚的一叠钱，强塞到大嫂的手中，哽咽着："我错怪左书记了。他是一个清官！他是一个好官！他去世两年了，老乡还惦记着他，连他的车都记着，了不起啊！"

风雨桥洞夜

　　章少辉后来知道,这银镜山近二百公里的山路,都是左开山经过艰苦工作修成的,借钱,做老乡的思想工作,哪一项不是难上加难。没有他,也就没有银镜山的今天,难怪老百姓记着他。

　　临别时,章少辉对毛启发说:"把你这吉普卖给我吧!我出二十万!"

　　毛启发说:"你想得美。前天你要买,我三万就出手,今天你要买,五十万我也不卖。我要把这车修修,开着它进山,让左书记看看今天的银镜山。"

　　大伙全哭了。

社会万花筒之中国好故事系列丛书

分寸难掌握

张子青在足浴中心，刚刚把一双脚泡进水里，手机就响了，他扫了一眼，是个陌生的号码，就没接。可是那人不罢休，一个劲儿地呼他。张子青火了，对着话筒吼道："你他妈的找死呀！"可这句话还没有说完，他就听出了那人是谁，于是忙换上笑脸，说："啊，是牛……师兄啊。"手机那边一个轻轻的声音不紧不慢地说："刘明出来了！"说完，"咔嚓"就收了线。

"刘明出来了。"这五个字仿佛是一声炸雷，炸得张子青愣愣地，半天合不上嘴。他盯着手机看，又使劲摇，用心听，可里面已经没了声音。但是张子青还是不相信，刚才那消息是真的吗？

张子青把水盆"砰"地踹翻，趿拉上鞋就往外跑。按摩小姐不知所以，在后面一个劲儿叫他："先生！先生！"张子青骂了一句粗话，扔下三百块钱，冲出了洗浴中心。

风雨桥洞夜

张子青边跑边给林军打电话:"大哥,在哪儿呢,快,到我这儿来,有急事儿!"

林军按时到了,当他一听说刘明出来了,也傻了,自言自语道:"不会吧?真的?"

张子青说:"是……"他指指自己的头顶,"上边说的,千真万确!"

林军的汗水"刷"地就冒出来了。三年前,张子青、林军和刘明干了一件大活儿,入室把一个电视台女主播给杀了,当然,他们是按照上边那人的要求干的。杀人后,还卷走了她上百万元。没料到,去年,刘明在酒店喝酒时和人打架被抓了。为了不让刘明为了减轻刑期,"立功赎罪",说出这件惊天大案,林军和张子青可是费尽了心思。他们花大钱通过内线给刘明递了话,说正在活动,用不了多久,就能把他放出来。没料到,预审刘明案子的刑警杜刚经验丰富,他凭着直觉,感到刘明身上有重案,虽然只是酒店打架,打伤了人,但还是给刘明判了三年,并一直不放过刘明,动不动就到监狱提审刘明。

不放过刘明,经常提审,对张子青、林军就是威胁。只要刘明一吐口,那刘明他就能因为有重大立功表现而重刑轻判,但是张子青、林军没说的,只有死刑!因为,在凶杀现场,是他们二人动的刀子。

为了稳住刘明,张子青经常去探视他,安慰他说:快了快了,正在活动呢。出于万无一失的考虑,张子青又花了大钱,通过内线在刘明的饭里偷偷下了药,让刘明精神上慢慢地变得痴呆，让他慢慢地忘掉过去的事儿。只有他把什么都忘记了，那才是最安全的。别说，这招儿挺灵的。半年前，当张子青再去探视刘明时，他明显地反应迟顿了，傻了，竟愣愣地看着张子青，问："你到底是我什么朋友，我怎么看你面熟呀。"

现在，张子青做梦也没有想到，刘明竟然保外就医了。刘明既然出来了，他就能接触许许多多的人，熟悉的生活环境能激发他对往事的回忆，他就能在医生的治疗下慢慢恢复记忆。这可是太太危险了。

张子青和林军决定，要赶在刘明大脑恢复记忆之前，先下手为强，把他彻底搞定。怎么搞定？对他的脑袋进行外力打击，让他真正受伤，让他永远分辨不清谁是谁，让他成为一个植物人！

事不宜迟！张子青决定选择后天下手，动手之前，要先由林军约他出来，看他能不能辨别人，再找没人的地方下手。现在，关键的是下手时既不能轻也不能重。轻了，达不到效果，重了，真要把他打死，那麻烦可就大了，刑警对死亡的案件是格外重视的，会不惜动用一切侦察手段进行侦破的。如果那样，真真就是弄巧成拙了。

这一天，张子青和林军躲在一片树林里，拿着根木棍不停地演练，对着树木打了又打，到了黄昏时分，林军说："我看差不多了，你就这样下手，没问题！"

第二天下午，林军来到了刘明的家，找到了刘明。刘明家中正巧没人。刘明看看林军，笑了，说"你是王警官，对吧。"林军暗自高兴,这个王八蛋,果真脑袋不行了。他就说:"刘明,跟我出去一趟!"

"是,政府!"

刘明乖极了,他完全把林军当成了狱警。林军那个得意呀,刘明家里没人,没人知道是我把他带出去的,这又少了一层麻烦。

出了门,张子青把车开到林军二人身边,把刘明弄上车,直接开到了郊区。他们选择了一处僻静的地方,摊开塑料布,摆上酒菜,让刘明吃喝。刘明受宠若惊,一个劲地说:"感谢政府!感谢政府!"张子青和林军互相对视了一眼,都笑了,奶奶的,天助我也!咱们把刘明灌个酒饱,让他大脑被酒精泡着,再给他一下子,就是神仙也没法子了。

刘明足足喝了半斤白酒后,舌头大了,话也多了,对林军说:"政府,我还有秘密没告诉你们呢,我要是说出来,保管把你们镇了!"

张子青和林军听了,感到后背一阵阵发凉,也感到今天的行动太及时了。天,就是刘明不看病,大脑不好转,他只要喝多了,保不齐就把三年前的事儿抖落出来。为了考验一下刘明,林军就问:"你说说是什么事儿?"

那刘明就"嘿嘿"笑了笑,说:"妈的,我好像记得我和谁杀过人的,可是杀了谁,怎么想不起来了呢?"

张子青看看林军,林军看看张子青,通过眼神,二人知道得下手了,于是林军把刘明搀扶起来,说:"刘明,回去吧!"

"是是是，政府！"

刘明走路已经打晃了，走着走着，突然停下来，看看前后左右，一个立正，说："报告政府！我想撒尿！"

林军指指一处，说："尿吧！"然后对张子青一使眼色，张子青点点头，当刘明刚刚解开裤子，他"嗖"地冲上去，抡起事先准备好的木棒，重重地给了刘明脑袋一下子。刘明连喊都没有来得及喊出来"扑通"就倒了。

林军翻过刘明，看了看，对张子青说："快，把他身上的东西拿走！"

"大哥，他能有啥？"

"你怎么这么笨？这是给警察造成一个假象，是抢劫！"

张子青翘起大拇指，说："大哥就是高！"

二人把刘明扔在了郊外。回城后，二人去洗浴中心美美地享受了一番。

这天，张子青正在睡懒觉，警察找上门来。他纳闷，心说，我这些日子没犯什么事儿呀。警察掏出一张拘留证，让他签字，张子青一看拘留因由，傻了，上面写着：凶杀嫌疑。

预审官年纪不大，张子青在路上就做好了准备，咱来个徐庶进曹营一言不发，你就是神仙也奈我不何。没想到，那警官笑笑，说："我叫杜刚，早就想会会你了，只是时机不成熟，谢谢你给我们造成了一个机会。"

张子青愣了，怎么，他就是杜刚？他刚才说的是唬我呢，跟爷来这一套，你呀，还是嫩了点儿！

杜刚并不急，说："说吧，三年前，你们是怎么把那个女播音员杀害的。"

张子青翻翻眼球，表示听不懂。杜刚冷笑了一下，说："你们想把刘明打成脑伤，可是人算不如天算。我可以明确地告诉你，你们这一打，把刘明的记忆神经打复苏了。昨天，是他主动找到我们，坦白自首，交代了三年前你们的事儿。怎么，需要对质一下吗？"

张子青感到自己的大脑"嗡"的一声，他知道全完了，这是怎么打的，把刘明从一个伤者打成了好人，把自己打进了十八层地狱。张子青觉得下身有点儿湿了，他想强憋住，可是身体不争气，竟"哗"地全尿了出来。唉！栽了！栽到姥姥家去了！

社会万花筒之中国好故事系列丛书

唤醒服务

傍晚8时，火车站大楼的钟声响起来时，齐玉堂深深地叹了口气。因为，今天是他的小店开业整整一个月的时间，从前天起，他就在心中默默地祈祷着，希望今天能接到第一百份订单。那样，他的收入就能越来越好，他就可以从阴影中走出来了。可是，8点了，今天没希望了。

就在齐玉堂准备打烊时，店门"呼"地被推开，闪进一个人来。齐玉堂心中一喜，但随即一紧。

进来的是一个60多岁的大娘。她前后左右看看，迟疑地问："你这儿是唤醒服务中心？"

齐玉堂点点头。那大娘似乎不相信，又踮起脚尖，凑到墙上挂着的营业副本前仔细看了看，这才露出一丝丝笑，自言自语："噢，真的是。"随后说，"我要服务！"

齐玉堂于是一二三四将自己的服务项目一一介绍给她。可说了归齐，也就一项，就是按顾客的要求，每天定时地以短信的方式将客户唤醒。

这项服务可谓是齐玉堂的首创，也显露出他独特的思维，填补了城市上班族需要的一项空白。

但这大娘并不急于把一个月30元的服务费掏出来，而是说："我需要加东西。"

"什么东西？"

"我睡觉沉，一个短信怎么能把我叫醒。我要你发完短信后，再给我打一个电话，直到我回答你后才算行。"

齐玉堂这才细细看了一眼这个大娘，心说：你……还上班？他摇摇头，说："我没有这项业务。"

大娘不干了，说："你既然叫唤醒服务中心，不把我叫醒怎么算？名不符实嘛。"

齐玉堂有点火，脱口说："行，照你说的办，可得加钱！"

"行，多少？"

"50！"

大娘瞪了他一眼，说："嘿，你怎么这么黑！"

这话无意间捅到了齐玉堂的肺管子，他的脸"腾"地红了，问："你——什么意思？"

大娘赶紧捂嘴，抱歉地笑笑，说："没什么意思呀。"

但齐玉堂脸一黑，说："50不行了，得100！"

大娘火了："你，你怎么比物价涨得还快？"

"就这价，不愿意，拉倒！"

大娘犹疑了一下，还是掏出了100元，"啪"拍到桌子上。然后报了自己的手机号码和名字。她叫白丽娟。白丽娟，齐玉堂感到这名字有些熟悉，可怎么也回忆不起来，他随口问了一句："您在什么单位上班？"

白丽娟思索了一下，说："红都纸业公司。"

一笔业务成交了，而且比齐玉堂预想的要好，可是他却怎么也高兴不起来。白丽娟那无意间的一句话，让他心中泛起不堪回首的一幕：五年前，他齐玉堂是这个城市跺跺脚，地皮颤三颤的主儿。他也想大干一番事业，并且也这么做了，一切按他的蓝图进行着，谁能料到会出现那一场悲剧。那年，女儿出国留学急需一笔钱，他一时凑不齐，就向一个商人借了10万块钱。但那个商人在没有达到他的招标项目后，竟反咬一口，说是齐玉堂主动向他索贿。虽然有借条，可在检察官和证人面前，都只能算是他齐玉堂老谋深算十分狡猾的凭证。职务被撸了，党籍开除了，他进了大狱。五年中，妻子离开了他，女儿也不认他了。现在，他齐玉堂虽然出来了，却是一穷二白。可是他不甘心，他在搜集证据准备再申诉的过程中，靠自己的头脑开了这家小店，以便能解决经济上的困境。可没想到，刚才那个老太太白丽娟竟……

这天，齐玉堂又喝了一次大酒，喝醉了。但他没哭也没闹。他只是躺在床上像过电影似的，将自己五十多年的岁月一遍遍地筛了一遍。他越来越感到，在市场经济下，人们变得越来越没有情义了，为了钱，什么事儿都做得出来。他感到心窝一阵阵地痛。

齐玉堂是个讲究信誉的人，虽然喝高了，但他没有耽误事儿，第二天一早，他按照顾客的要求一一把短信发了出去。对那个白丽娟，他在发了短信三分钟后，又给她打了一个电话。那边"哎"了一声，说我知道了，就收了线。

一天，两天，齐玉堂又接了几笔业务，而且，受白丽娟特殊要求的启发，齐玉堂主动与老客户联系，增加了电话催叫追加服务，有不少人竟同意加上，这样，他一个月就能收入五千元左右了。钱多了，可是他却高兴不起来。那个白丽娟总像个石头，沉重地压在他的心头上，他怎么琢磨，怎么感到这白丽娟不像是仅仅要他打个电话叫醒那样简单，她一定是有备而来的。难道她是那个商人的什么人？她们是要继续把他齐玉堂往死里整？齐玉堂想到此，不禁打了个冷战。

为了查个明白，齐玉堂在街头的电话亭给白丽娟打了个电话，他用外省口音问："是白丽娟同志吗？"

那边的白丽娟回答是的。齐玉堂于是说："白经理，我们上次说的业务怎么样了？"

白丽娟愣了几秒钟，说："你打错了吧。""啪"地挂了。

齐玉堂一笑，又打了过去。这回，白丽娟火了，提高嗓门说："我一个老太婆，在家看孙子呢，跑哪儿去上班呀？！"

啊，果然如此！齐玉堂想笑，却怎么也笑不出来。

为了弄个明白，齐玉堂不得不找到了公安局长刘奔。刘奔是他一手提拔起来的。此时，一个是堂堂大局长，一个是劳改释放犯，可是刘奔对他没有一丝歧视，还一口一个"齐市长"，并说他知道齐玉堂是遭了冤枉。弄得齐玉堂哭笑不得。他重重地叹了口气，说："让历史作证吧。老刘，我找你，也是不得已。我想让你帮我查查……"

三天后，刘奔给齐玉堂答复了，说白丽娟确实只是个退休在家的老太太，她的女儿在红都纸业公司工作，是个中层干部。齐玉堂点点头，自言自语道："那她为什么非要我叫醒，还非要打电话呢，难道是为了掌握我的行踪？"

刘奔说："齐市长，你都这样了，还操那个心干吗，要我说，一是赶快申诉，二是和嫂子、闺女团圆。"

齐玉堂摇摇头，长叹了一口气。刘奔说："嫂子是正派人，她哪能想到你会是冤枉的呀。闺女也是这样嘛。一家人总归是一家人呀。"

齐玉堂说："再说吧！"

第二天，齐玉堂在给白丽娟发了短信后，故意不给她打电话。他要看看她有什么幺蛾子。果不其然，几分钟后，白丽娟的电话打过来了，齐玉堂刚刚接过电话，她就急切地问："是齐经理吗？"

齐玉堂装傻充愣地说"是的，你是谁？有什么事？"

"我是白丽娟呀。天，吓死我了。"说罢，她就收了线。听着电话里"嘟嘟嘟嘟"的声音，齐玉堂百思不得其解。为什么？她是为什么？

从那以后，白丽娟成了齐玉堂解不开的谜，成了他的心病。

这天，齐玉堂去旧货市场买东西，回来时，想散散步，就无目的地走着。沿路看着自己熟悉的城市，他感慨万分。不意间，路过了"幸福敬老院"。突然，他的心被撞击了一

风雨桥洞夜

下。这个敬老院，还是在他特意批示下建立起来的。建成后的第一个春节，他还和领导们一起来看望过老人们。老人们及他们的子女对政府的作为十分感激，记得齐玉堂当时说："我们都有老的一天，你们的今天就是我们的明天呀。"说那些话的情景还历历在目，但是，转眼间，几年过去了，自己也老了。唉，当自己真的动不了时，能进敬老院吗？

这一夜，齐玉堂辗转反侧，怎么也睡不好。凌晨，他才睡着。第二天，闹钟将他叫醒了。他要准备工作了。他急急地起身。突然，他感到心口一阵痛。他知道这是心脏病犯了，于是马上去拿药。但是，此时，他的双手一点劲儿也没有，药就在几尺开外，但却像是在遥远的非洲。他努力去够那药，怎么也够不着。渐渐地，他感到意识模糊了。齐玉堂感到死神正一步步向自己走来。他不甘心就这么死去，他还只有五十多岁，他还要申诉，要社会还给他一个清白，可是，来不及了。齐玉堂思念起妻子和女儿，两行热泪潸潸而下……

当齐玉堂苏醒时，他看到浅蓝色的墙壁和天花板。这里是天堂还是地狱？这时，他听到有人说："啊，醒过来了！"他转了转脑袋，这才看清床边的医生。天呀，自己没死，他努力回忆，想起昏死前的心痛。啊，是谁把自己送到医院的？

一个熟悉的面孔凑到他的面前，是妻子。齐玉堂张着嘴，要说什么，妻子制止了他，含着泪说："别激动。好好养病。多亏了白大姐呀，要不然——"

白大姐？这时，白丽娟也出现在他的面前。白丽娟笑着说："齐市长，我这100块钱花得不冤吧？"

原来，白丽娟之所以要齐玉堂给她天天打电话，就是怕他万一有个什么闪失，她好及时知道。前天，她接不到电话，打电话又没人接，就风风火火赶到了齐玉堂的小店。

齐玉堂不明白，白丽娟为什么要这样做？

白丽娟说："几年前，我们给您写信，希望建立敬老院，您批准了。我的妈妈就是享受了这福利的。那年春节您来慰问时，我知道您有心脏病，我一直记在心上呢。"

齐玉堂哭了。他感到，中国的老百姓真好，你哪怕为他们干了一点点事，他们都牢牢记在心上，总想回报你。他就寻思：如果自己能重新工作，一定要加倍努力，把这个城市建设得更美好！

记忆整合所

梅里镇新近开了一家"记忆整合所",在它门口的告示上写道:凡60岁以上的人,需要恢复记忆力的,本所可以在一个疗程内帮你心想事成。不仅可以帮你找回大脑里已经丢失的记忆,而且能保证你在今后的岁月里不会再忘记任何一件小事。

这一下子就引起了轰动。需知,在这个现代化的世界,老年痴呆症已经成了困扰人们的重要问题。如果记忆整合所真的能帮助人们恢复记忆,那真是太好太好了。

第一个踏进记忆整合所的是前州长阿里先生。他已经70岁了,从9年前就患了轻度的老年痴呆症,一天到晚看人看物总是呆呆的样子。别人如果问他什么,他只会咧开嘴笑一笑,当然,口水也会自动流出来。

但是,当阿里先生被家人送到记忆整合所后,只用了短短三天,也就是一个疗程,他就变了一个人,不仅外貌年轻了二十岁，而且精神焕发。有人问他记不记得他当选州长时的就职演说时，他偏头微微一笑，当即就"哇哇哇哇"地背了出来。

阿里就是一个活广告。从那以后，上门求医的人踏破了记忆整合所的门槛。但是，所长，一个长得矮小粗胖的中年男人却是冷脸相待，他每次只治疗一个人。谁求也不行。镇长知道后，亲自登门拜访，并提出给他配备几个助手，可是，霍耳先生，对了，他自称叫霍耳，断然拒绝。能人都有怪脾气，大家只好按照他的办法行事。

于是，三天一个，三天一个，记忆整合所就像一条缓慢的生产流水线，在不停地对那些就医的病人进行"重新包装"。

霍耳先生是哪里人，有没有行医执照。大家已经不关心了，因为，效果就是最好的说明。霍耳还有一点与众不同的地方，就是他的眼睛一只是绿色的，一只是黄色的，哈，就像一只招人喜爱的波斯猫。霍耳虽然每次只医一个病人，但是他不是什么人都收的，他只收那些曾经在事业上有所建树的人，对那些平凡的普通的人，他一概拒绝。有一次，一个大货司机病人的家属为此和他争执起来，但是这不能改变他的决定。

记忆整合所的工作渐渐引起了国家的高度重视，因为，许多国家超一流的学者在这里得到治疗后恢复了工作能力。

记忆整合所也引起了一个人的关注，他就是全国最厉害的盗贼哈斯。哈斯屡屡作案，但从来没失过手。当哈斯知

风雨桥洞夜

道这件奇事后,心中就痒痒的。他以自己的职业敏感感到,这个霍耳一定收取了大量的医疗费。如果不光顾一下霍耳先生,那就太"对不起"他了。于是,在一个细雨霏霏的下午,哈斯悄悄地溜进了记忆整合所。

哈斯是个大盗贼,他不会一下子就随便动手的,他先定了定神,然后细细地观察这套房子的布局,他要在作案之前就找到最佳的逃脱之路。他感到奇怪的是,整个记忆整合所里竟没有一张睡觉的床,没有一个存钱的保险柜。他溜进去的时候,霍耳正在对一个宇航专家进行手术。哈斯决定先看看再说。

哈斯躲藏在宽大的窗帘后面,屏住呼吸透过缝隙往外看。他看到,霍耳在给专家打了一针后,马上就用一把发光的东西"刷"地切开了专家的大脑。霍耳往里面看了看,摇摇头,然后又用那把"刀""嗖"地就将专家的脑袋从脖子处齐整整地切了下来。他就像在切一块冰镇西瓜似的,而且没流一滴血。上帝!哈斯差一点喊出声来,他紧张得尿都出来了。这是在治病吗?这是在杀人呐!这个霍耳是哪里的杀人犯?哈斯战兢兢地看着霍耳继续操"刀"。那霍耳将专家大脑里的筋筋肉肉挑出来,放在一只盘子里,端详了一会儿,然后从身后取出一些花花绿绿的线头类的东西,又装在专家的大脑里,再将专家的脑袋安到脖腔上,拿出一只红色的瓶子,用刷子蘸了点里面的液体,在专家脖子四周轻轻地一抹,专家立时就醒过来了。哈斯傻了,这是现实生活中发生的吗?如果不是亲眼所见,打死他,他也不会相信的,他

109

像是在看一部《天方夜谭》的电影。

哈斯决定立即撤退。他知道他看到了不应该看到的东西。这就说明他处于一种危险之中。可是，他还没来得及抽步，就见霍耳掏出一个小小的盒子，冲着夜幕降临的天空自言自语了一番，随即，窗户自动开了，一个身材矮小的"超人"轻盈地飞进了记忆整合所。哇，太神了。这也是个一只眼睛绿一只眼睛黄的怪人。他和霍耳互相拥抱了一下，那"超人"就对已经醒来的专家说："记住，你必须每天在23时准时向我们报告你一天所接触的资料。否则你随时都会死亡的。明白吗？"

那专家似乎像个机器人似的大声说："我一定服从！"

霍耳一指专家，专家立刻又"砰"地倒在治疗床上，不省人事了。

"超人"问："你一共整合了多少？"

"23个。不过，我越来越感到没有意思了。这些地球人的知识十分有限，而且，他们的大脑里装的最多的是他们自己的利益，真是不能想象。"

"超人"说："不过，我们已经在他们中安插了卧底了，也就是说，如果地球人采取什么对我们不利的行动，我们立即就能掌握。我看，我们可以回去了。"

"太好了！今天是我做的最后一个！"

突然，"超人"对霍耳说："你这屋子里有生人！"

霍耳耸耸肩头，说："不会吧！"

"超人"一笑，他笑的样子很怪，说："你和地球人接触的时间太长了,嗅觉不灵了。"说着,"超人"一步跨到窗帘处,一把将哈斯揪了出来。哈斯吓得牙齿"得得得"地打着架,哭着说:"饶了我吧!"

霍耳说:"这是神主送给咱们的额外礼物,把他也给整合一下吧!"

"超人"反对:"这是个没有任何价值的废物,对我们的研究没用的。"

哈斯为了讨得活命,便将自己身上所有的钱统统掏了出来,说:"我给你们钱,我以后还会孝敬你们的!"

霍耳大笑,他抓过哈斯递上来的钱,对"超人"说:"这地球人真奇怪,印这些玩意儿不知有什么用。"说罢,用那把神奇的"刀"一指,几万钞票"呼"地就无影无踪了。

"超人"对霍耳说:"我奔波了这么长的路,累了,走,歇歇去!"说着,挽起霍耳的胳膊往另一间房间走去。

当这屋里只有哈斯一个人时,他还是不敢相信那两个外星人没有杀他。他心中一阵窃喜,侧耳听了听,没有动静。于是,他三步并做两步,两步并做一步地跳上桌子,要从打开的窗户冲出去,可是,"砰"的一声,他被重重地反弹了回来。他这时才发现,整个记忆整合所被一张无形的大网罩住了,严严密密,连一只蚊子也休想飞出去。哈斯绝望了。他蹑手蹑脚地溜到另外的屋子里看,又看到了他无法想象的情景:"超人"和霍耳两个人在一面墙上睡着了,他们像两只大壁虎挂在墙上,上不着天下不着地,真真是不可思议。

怎么办？如果他们醒来，就是不杀死他，也不会让他这样走出去的，他会被"洗脑"，会成为一个不是他自己的"哈斯"。从来没有被困难难倒的哈斯不知如何是好了。突然，哈斯摸到了自己身上一只瓶子，这是他专门用来对付警犬追踪的汽油。哈斯心中一动，于是他重新溜回到霍耳和"超人"睡觉的房间，轻轻地将汽油倒在他们身下的地毯上，掏出火机，果断地点燃了。

夜空中起火的记忆整合所映红了小镇，当消防车赶到时，那里基本已经成了灰烬。警察认出了盗贼哈斯。他被送到医院抢救。可是他在两个小时后就死了。死之前，他说出了他遇到的奇事。但是，没有人相信，认为他是神经错乱了。只有我相信他说得一切都是真的，因为我是他的弟弟哈非。

霍耳先生和宇航专家都不见了，当然还有那个"超人"。他们是被大火吞噬，还是回到了他们自己的星球，只有上帝知道。不过，我现在不知那留在地球上的二十多个被整合过的人是谁，这真是太可怕了。UFO杂志的编辑找过我，要我说出这一切。我不敢，因为我不知这个编辑是不是被整合过的人之一。

上帝保佑我！阿门！

"克隆"奇事

石油批发部经理崔宝刚昨夜忙乎了大半宿,天快亮时才睡了一小会儿觉。上班后安排完工作,正想偷偷眯一会儿,不巧电话响了,他盯着电话好半天没接。可是那电话响个不停。没辙,接吧。

电话那头传出一个挺熟悉的声音:"是老崔吧,怎么半天不接电话呀。是不是昨晚上又垒长城去了?"

崔宝刚疑疑惑惑地问:"您是——?"

"怎么,连我的声音也听不出来了。我是老祁——祁连江!"

什么,祁连江?崔宝刚听到这儿,一下子目瞪口呆,差点从椅子上跌下来:这怎么可能,三个小时前,是我亲手将祁连江推到医院太平间的,他死于急性心肌梗死,怎么现在说活就活了?

电话那边还在喋喋不休:"老崔,愣什么神呢。一会儿我带几个朋友去你那儿,给我批10吨平价油。"说完,"啪"地将电话撂了。

崔宝刚手握电话却是迟迟放不下来。天,大白天遇上鬼了?还是我精神上有毛病,发生记忆差错了?他掐掐自己的大腿,生疼生疼的,不是在做梦。可是刚才电话里究竟是怎么回事儿?

崔宝刚还在这儿琢磨呢,不想外面已经有了动静。只听一阵汽车的刹车声,然后就见黑压压走进来十几个人,其中还有扛着摄像机的。而打头的不是别人,正是那熟悉不过的祁连江了。

崔宝刚真是不知怎么办好了,你说这祁连江死了吧,可是他明明站在你的面前,而且说话,走路,一举一动都是祁连江。崔宝刚与祁连江是"发小",从小在一起光着屁股玩,知道祁连江是独生子,没有哥哥、弟弟,所以也就不存在什么双胞胎冒充顶替的事儿。他就不由地想,莫不是自己真的走进那科幻小说里描写的什么"时光隧道"里了,又能与祁连江会面喝酒聊天了?

祁连江大摇大摆地走进来,一屁股坐在椅子上,对崔宝刚说:"老崔,今儿来的都是我的朋友,他们想倒腾点油,你给批10吨吧。"

崔宝刚弄不清面前的是人是鬼,就身不由自主战战兢兢地。祁连江问:"你怎么了,病了?"

"没、没、没有。"崔宝刚突然灵机一动,问祁连江,"嫂子还好吧?"

风雨桥洞夜

"嫂子?"祁连江皱皱眉头,"谁嫂子?你难道不知道我老婆死了一年了,跟我这儿打什么哈哈玩呢?"

得,祁连江说得一点没错。崔宝刚就更是不解,但是他这会儿镇静下来了,顺手抄起电话,边拨号边说:"我给柱子打个电话,他要的东西正好你给带回去。"

柱子是祁连江的儿子,崔宝刚想以此来验证一下这个祁连江。但是,没容他将电话号码拨完,祁连江一下子摁住了话筒,说:"柱子的事儿我不管。我一会儿还有急事儿,你先把这档子事给我了了。"说着话,那神色也凝重起来。

崔宝刚看看同祁连江进来的人,一个个都是不苟言笑的样子,不像是朋友,倒像是一帮抢银行的劫匪,这心里就不由一阵发毛。得,先把他们打发走了为上。于是掏出纸笔,"刷刷刷"批了10吨油,然后将批条一递,说:"喏,10吨。"

祁连江接过来看了看,转手给了身边的一个人,说:"拿好了。这就是钱!"说罢,对崔宝刚点点头说:"我还有事儿,先走了。"

这十几个人乱乱哄哄地向外走,那扛摄像机的走在最后,边走边摄。突然,摄像师停住脚步,冲崔宝刚眨眨眼,轻声地问:"你是不是想弄明白这是怎么回事儿?"

崔宝刚看看摄像师,一副高深莫测的神色,于是点点头。

摄像师说:"今晚8点,在王府饭店咖啡厅见面。不过,你要是想知道底细,就准备好5万块钱!"

什么，5万？崔宝刚心说你是要敲诈呀。

那摄像师看崔宝刚犹犹豫豫地，皱了皱眉头，说："有困难就算了。"

"慢！"崔宝刚说，"就依你。"

这崔宝刚哪弄5万块钱去，再说，花5万块钱就打听个事儿，划得来吗？但崔宝刚有自己的想法。因为如果这事儿弄不清楚，那他就静不下心来。至于5万块，他只好先从单位保险箱里借用了。

一天的时间，崔宝刚都迷迷糊糊的，像是喝醉了酒似的，老是琢磨祁连江的事儿。怎么琢磨也琢磨不出个子丑寅卯来。

晚8时，那摄像师准时来到咖啡厅。见了崔宝刚的面，淡淡一笑，先问："钱带来了吗？"

崔宝刚拉开手提包，取出5迭钱，一一放在茶几上。那摄像师也不客气，一把就抄了过来，将其装入了自己的包里，然后才说："崔先生对今天的事儿感到奇怪是不是？其实一点也不奇怪。因为你今天见到的祁连江并不是本人。"

崔宝刚对这一点已有所感悟，问："这我知道，但是……"

摄像师点燃一支烟，悠悠地吐出一个烟圈，不紧不慢地说："至于这个'祁连江'是哪里来的，那是我们公司的杰作。我们公司？噢，就是专门进行克隆实用技术的'美妙'公司。"说到这儿，他冲崔宝刚一让，说："崔先生，喝点咖啡！"

风雨桥洞夜

崔宝刚喝了几口咖啡,感到味道与平常喝的不一样,但是好极了。

摄像师继续说道:"我们的克隆技术不同于传统的克隆技术。我们不需要从授体上取什么细胞,再用上几个月甚至几年的时间培养克隆体。我们只需要授体的一滴血即可,然后我们再根据授体的音像资料就能合成一个与授体一模一样的东西来。"

天,原来是这样。但是崔宝刚不明白,这有什么意义。

"意义大了。我们可以制造出名人的替身,以防绑匪的不轨。当然,我们向这些名人的收费也是不菲的。但是,如果仅仅是做这一项,那就太得不偿失了。我们的克隆体可以完全取代授体而生活在人世间。让克隆体会百分之百地执行我们的命令,为我们创造出巨额的财产来。"

"你的意思是说要消灭原来的授体?"

摄像师大笑:"你真聪明,可以这么理解。"

崔宝刚大惊失色,说:"这太可怕了。那,祁连江也是你们干掉的?"

摄像师点点头:"没错。但是,我们今天才发现犯了一个低级的错误,那就是没想到你昨天晚上参加了祁连江的抢救工作,以致差点露了马脚。不过,这一切都即将成为永不为人知的历史了。"

崔宝刚感到困惑,问:"你这是什么意思?"

"因为今天我们已经取得了你的音像资料,刚才,我们已经复制出了世界上第二个崔宝刚先生。"

崔宝刚感到恐怖,汗也冒了出来,问:"你们要干什么?"

摄像师冷笑着说:"对于我们来说,你现在已经没有生存的必要了。因为——你看!"

崔宝刚顺着摄像师手指的方向望去,他看到,饭店大厅的自动门此时"刷——"地开了,一个穿着西服的男子从容地走了进来。那男子不是别人,正是"崔宝刚"自己。

崔宝刚想喊,可是,他什么也喊不出来了……

猫猫狗狗也有情

宋小红到省城的第一天，就找到了份保姆的工作，这令她兴奋不已。虽然职业介绍所的阿姨叫她考虑好了再答应，可她还是怕让别人抢了这份工作，要知道，雇主管吃管住一个月还给你八百块钱，这等好事儿打着灯笼也难找呀。

宋小红于是就坐上一辆小轿车跟雇主走了。她感到有点自豪，天，我坐上了轿车呀！

宋小红的工作是什么呢？就是要照顾好马阿姨的儿子高玉明。有人问了，这高玉明几岁了？告诉您：23岁！

原来，高玉明是个大脑有问题的人。他只知吃喝，只知傻笑，其他什么也不知。等宋小红看到高玉明时，她才明白为什么这样的美事儿别人都不争。一个大姑娘侍候一个傻男人，这多别扭呀。这时，马阿姨发话了："小红，还愣着干什么，给大明洗洗脸！"

小红咬咬牙，心里想：看在八百块钱的份上，豁出去了！

社会万花筒之中国好故事系列丛书

马阿姨家一共四口人,有高叔叔、马阿姨、高玉明,还有一个才8岁的小姑娘高艳。宋小红的工作很简单:就是管住高玉明就行。但是,不干不知道,干了才知道这可不是个省心的事儿。

第二天,阳光明媚,高玉明缠着要小红陪他出去散散步。去就去吧,这小区的风景还是挺漂亮的。可没有想到的是,他们刚一出楼,就被十几个小痞子围上了,有人问:"傻子,这是谁呀?"有人喊:"傻子,这是不是你媳妇儿啊?"

高玉明就"嘿嘿嘿"地笑着点头。有人喊:"傻子,跟你媳妇儿亲个嘴呀!"高玉明一听,就上来抱住宋小红要亲,吓得小红脸都白了。那高玉明也不勉强,就松了手。这下子,那帮小痞子不干了,有三个就"呼"地冲上来,把宋小红围在了中央,开始对小红动起手来。小红哭了,求他们:"大哥,饶了我吧!"没想到这更激起他们的流氓行为,有人喊:"靓妞儿,让哥亲个够!"边说边一下子扑上来抱住了小红。小红傻了,不知怎么才好。就这时,她听到"啊……"的一声大喊,就见高玉明疯了般地冲过来,一下子死死地抓住那要亲小红的痞子,张嘴就咬住了他的左手手腕。痛得那个痞子"嗷嗷"地叫唤,可高玉明就是不撒嘴,立时,鲜血从那痞子的手腕上"汩汩"地流出来。这下子可是捅了马蜂窝,那些个小痞子全上了,把高玉明围在中间是又捶又打,直打得高玉明头破血流才罢手。

回到家,马阿姨火了,骂道:"雇你干什么用的,啊?你是活人还是死人呀?"

风雨桥洞夜

小红的心里也不好受啊,她知道,虽然高玉明脑袋有问题,可是今天他是为了她才挨打的,看来,这高玉明的心里还是分得清的。

吃晚饭时,小红刚要上桌,马阿姨脸一沉,说:"你还有脸吃饭呀?"小红一低头,含着眼泪跑回自己的房间了。

也不知过了多长时间,门"吱呀"一声开了,小艳探进个头,然后悄悄地进来,对小红说:"红姐姐,别哭了。你吃点东西吧!"说着从怀里掏出个面包。

"小艳,我、我不饿!"

可小艳不管,她还是把面包放在了桌上,并压低声音说:"红姐姐,你不知道,我爸爸妈妈不喜欢哥哥。"

"啊!"小红不相信地看看小艳,问,"他不是你的亲哥哥?"

小艳摇摇头,然后把右手横放在嘴上"嘘"了一声,说:"你别说是我说的啊!我得走了,要不我妈该找我了!"

天越来越热了,可是马阿姨规定,白天不能开空调。白天,家中只有宋小红和高玉明。高玉明热了就把衣服一件件地脱掉,最后只穿了一件短裤头。一个大男人,光着膀子在屋里晃来晃去的,弄得小红脸红红的,连头也不敢抬。好在高玉明没有什么坏心眼儿,只是动不动傻傻地看着宋小红笑,再就是睡觉,要不就是吃个不停。

这天,马阿姨问宋小红:"会游泳吗?"小红摇摇头。

马阿姨说:"在大城市,连游泳都不会怎么行?明天带大明游泳去吧!"

小红喜出望外，问到哪里去游。马阿姨看看小红，说："能到哪儿？去八一湖就是了。"

电视里昨天还说八一湖又淹死人了，自己不会游泳怎么办？她想说说自己的想法，但小红通过这些天的接触已经知道，在马阿姨面前是不能说不行的。她就琢磨明天带高玉明去八一湖转一圈逛逛就是了。

没想到的是，第二天到了八一湖边后，还没容小红发话，那高玉明竟衣服一脱，"扑通"一声跳进了湖里。他还冲小红喊："妹妹，下、下来、来呀，好、好玩！好、好凉快！"

小红急了，喊："大明哥，危险！快上来！"

可是高玉明却更高兴了，竟一步步向深水处走去，当他脖子没到水面时，他才慌了，手舞足蹈起来，喊道："救、救……"话还没有说完，他就没了影子。小红傻了，小红哭了，对周围的人们喊："大家救救他呀！快，救救他呀！"说着，"扑通"给人们跪下了。可是，人们只是看热闹却没有人下水。时间不等人呀。万般无奈之下，小红竟忘记了自己也是一只旱鸭子，她连衣服也没顾上脱，拨开看热闹的人群，几步冲下湖堤，"通"地扑入水中。她闭着眼睛朝高玉明的方向扑去，天，摸到了摸到了。小红拼尽全身力气将高玉明推向岸边，可自己却渐渐地沉入湖底……

也不知过了多长的时间，小红从冥冥中醒了，她看看天，天是蓝色的，看看自己，是躺在床上的。她掐掐大腿，挺痛，啊，自己还活着。她想啊想，想不明白自己是怎么被人救上湖岸的。

风雨桥洞夜

这时,门"砰"地被撞开,马阿姨阴沉着脸走进来,看小红醒了,她冷冷地说:"醒了还躺着干什么,我雇的是保姆,不是娇小姐!"

小红只好挣扎着爬起来,一动,她就感到浑身疼痛。

马阿姨说:"宋小红,自打你进了我们家,我们就灾难不断。你真是个丧门星。我们可是雇不起你这样的人,你呀,明天回去吧!"

小红感到愤怒,她想说:你们的儿子是我救上来的啊!可是,马阿姨早"砰"地摔门出去了。

小艳又溜进来,她看看门外,轻声地对小红说:"红姐姐,你不该救我哥!"

"为什么?"

"你救了我哥,我妈妈就没法要弟弟了。"

啊!原来是这样的!虎毒不食子,难道天底下有盼儿子死的吗?小红这才明白马阿姨要她带高玉明去游泳的真实目的。她们是想制造一起自然死亡事故,然后再申请一个生育指标啊。宋小红感到身上直冒冷汗。她没有想到世上还有这么狠心的父母。她决定离开这个貌似文明高尚的家庭,即便她们不要她走她也要自己离开。

宋小红对城市没了一点兴趣。她要回到自己农村的家。临走时她对马阿姨说了一句她平时绝不敢说的话:"人呐,养只猫狗也能处出感情来,何况是人呢?你好好寻思寻思吧!"气得马阿姨直打哆嗦,可是宋小红挺起胸一摔门走了。

当火车快进站时,宋小红突然发现了高玉明,这个傻乎乎的人连跑带奔地直接跑到她的面前，拉着她的手说："红妹妹，我跟你走！"

天，开什么玩笑？可高玉明死活不离开。人们围上来看热闹。高玉明就指指宋小红说："她是我媳妇儿，她要跑！"宋小红哭不得笑不得，不知怎么办好。这时，高玉明一把抱住宋小红，哭着说："你走了，我怎么活呀？"一句话，深深刺痛了小红的心，是啊，俗话说：明枪易躲，暗箭难防。他的父母为了生个健康的儿子，对高玉明是采取了置之于死地的招法啊。想到这儿，她看看高玉明，一跺脚，一咬牙，决定带高玉明回老家。

宋小红出外打工一个多月带回个傻男人，这让她的父母气恼不已。可是，当两位老人听了小红的讲述，他们理解了女儿的心，同意接纳高玉明这个苦命的孩子。村里来看热闹的乡亲们听了小红的话后，也纷纷用农村人的迎客方式送来了花生、大枣等，算是对高玉明的欢迎。

宋小红的村子历来有剪纸的传统，家家户户都会剪纸。没想到的是，高玉明看了后，竟无师自通，一拿起剪刀就剪出了猫猫狗狗，花花树树，而且惟妙惟肖，这可真是怪了。高玉明也因此出了名。有记者听说了这事儿，就写出了长篇通讯，题目是《山村又出舟舟，玉明剪出风采》。报纸一出，省电视台广播电台的都来了，高玉明呢，看着来人，只是傻笑，然后就是低头剪自己的东西，什么也不管。

这一天，一辆高级汽车的到来又打破了山村的宁静。小汽车直接开到了宋小红的家门口，下来的是马阿姨和她的

风雨桥洞夜

丈夫、女儿。马阿姨一进门就热情的不得了,拉着小红的手说:"好闺女,跟我们回家吧!从今后,你就是我们高家的人!我们给你找个称心的工作,给你……"

小红打断了她的话,说:"我哪儿也不去,金窝银窝不如自家的狗窝。"

马阿姨被呛白的脸一阵红一阵白,她尴尬地笑笑,问:"我儿子呢?"

小红说:"这儿没你的儿子,你的儿子早死了。这儿只有一个叫高玉明的人,他和你们没有什么关系!"

这时,高玉明出来了。马阿姨一见,高声叫着:"大明!"就走上前要搂高玉明,谁知高玉明竟一下子躲开了,还直着眼睛说:"你是谁?我不认识!"这话,被屋外一阵热烈的掌声打断了。小红这才发现自家门外早围满了乡亲。

马阿姨讨了个没趣儿,灰溜溜地走了。小艳临走时悄悄地把小红拉到一边说:"红姐姐,谢谢你!我长大后也要像你一样做人!"

那一刻,宋小红的心里就像吃了蜜似的甜,觉得人在世上还是多做好事的好。她一回头,看到高玉明正站在她的身边,宋小红就抱住他,在他的额头上重重地亲了一口,说:"傻呗呗儿!我的宝贝儿!"

高玉明呢,乐着说:"红姐姐,谢谢你!我长大后也要像你一样做人!"

屋外的乡亲们大笑,不过,这都是善意的笑。

社会万花筒之中国好故事系列丛书

奇怪的食客

在美国赌城拉斯维加斯,最有名的餐馆是一家叫"红蕃"的中餐厅。这家餐厅只经营晚餐。每天从下午三时开始,那些食客们就陆陆续续云集到这里,而到了晚间,根本就等不上空位子。

"红蕃"餐厅的老板是个中国人,准确地说是一个中国四川人。所以,餐厅主要经营川菜。这天,刚刚过了午时,来了一个食客。男的,从外貌上看,是个亚洲人。他中等个头儿,虽然有一股子故作的威严,可是脸上却透出丝丝沧桑。花白的头发,有神却疲倦的眼神,让人猜想这是个有故事的人。

这男人拣了个靠窗户的大台桌坐下,点了一盘油炸花生米,一个夫妻肺片,三瓶青岛啤酒,二两韭菜水饺,慢慢地品尝起来。他这慢就慢出了工夫。何以见得?因为三个小时过去了,他那一盘花生米还没下去二十个,而那啤酒也只喝

风雨桥洞夜

下一杯。他嘬一小口酒,然后就是长时间的独自沉思,仿佛在考虑世界大事似的。随着夕阳西下,顾客们越来越多了,大堂经理就堆起灿烂的笑容,走到那食客的面前,轻轻地说:"先生,商量下,您能不能换个小一点儿的座位?"

那食客连眼皮都没有翻,自顾自地嘬起一粒花生,在嘴里一下一下地咀嚼着。等他咽下了,才冷冷地说起标准的北京话:"你是对我说的吗?"

"是的,先生。"

"那我就请你立即滚开!"

经理耸耸肩,扫兴地离开了。

美国人的习惯,是不愿意与陌生人共桌进餐的。所以他一个人坐十个人的桌面,极大地影响了餐厅的生意。

但是,经理也不是个善茬儿。不一会儿,他就等来了机会。只见他对刚刚步入餐厅的两个青年男女嘀咕了几句英语。那男孩儿显然是美国本土人,高高大大,怪的是剃了个光亮光亮的脑袋,就像是少林寺的和尚。那女孩儿一看就是个亚裔,但是打扮得十分前卫。仅那眼眉就描了蓝、紫、黑好几种颜色。两个人看了看这古怪的食客,又看了看大堂经理,然后"砰"地坐在了这食客的旁边。随后要了一大桌子的菜,边吃边调情笑骂。那男孩儿说地道的英语,而那女孩儿在用英语交谈后,却有意地用汉语说起来:"妈的,瞧这穷酸样儿!"这分明是冲着这食客来的。可是他,似乎没听到,半闭着眼,竟哼哼起京剧来了:"我坐在城楼观山景……"

从那以后,这个难缠的食客天天下午一点左右来,菜仍是那二样,酒也只是三瓶,主食也是水饺,而且天天一坐就到了后半夜。虽然有时那一对现代宝贝儿"陪伴"着他,用各种难听的话说他骂他,可是他一概不理。餐厅的大堂经理就恼了火,甚至动了借用黑社会揍他一顿的念头。但这被餐厅老板坚决地否定了。

这天,那食客一进餐厅,就愣了一下。为什么?他看到他那个位置上已经有了人,但不是那一对宝贝儿,而是一个中年男人。食客只是稍稍愣了那么一秒钟,就仍坐到了他每天坐的那个位子上,要了老四样。

坐在这食客对面的是谁?他不是别人,正是"红蕃"餐厅的老板。老板看着这个食客,等他的菜上齐了,主动地在两只酒杯里斟满了酒,端起来,对那食客说:"老乡,敬你一杯!"

那人扫了一眼老板,盯着那酒杯,嘴角咧了咧,说:"你这茅台,是二十年以上的。"

老板赞许地点下头,说:"好功夫!隔桌相闻,一般人是闻不出来的。佩服!佩服!怎么,干?"

那人却不接杯,说:"我喝茅台,都是三十年以上的。"

这下子,老板愣了。他随即对手下人吩咐:"把我珍藏的酒拿来!"

不消一刻,酒上来了。老板重新布酒,又端起来,对那食客说:"怎么,赏个脸?"

风雨桥洞夜

那食客微微一笑,说:"这酒还行,有四十年了。"

老板惊得差点把酒洒了,脱口而出道:"你老硬是个酒神呀!"

这回,那食客不客气了,一嗝而干,并且反客为主,竟自己给自己倒上了酒。三下五除二,眨眨眼的工夫,一瓶酒见底了。那食客说:"再来一瓶!"

老板倒吸了口凉气,他还没说什么,那食客撩开衣服,掏出一大叠的美元,说:"别害怕,我付款!爷我别的没有,就是有钱!"

老板忙上前半步,将他的钱盖起来,看看了左右,小声地说:"老乡,你是初来乍到。在这儿,可不能带这么多的现金。会招灾的。"

那人听了,"哈哈"大笑,说:"什么?我初来乍到?告诉你,三十年前,我就来过美国……美利坚合众国!灾?有什么灾比我的大……"

老板苦笑着应付。他知道这食客酒量一般,或者就是心里不快,喝高了。这时。那一对现代宝贝儿进来了,直奔食客而来。老板忙拦住,朝旁边努了努嘴。那二人就在邻座坐下了。

老板对那食客说:"老乡,吃点东西吧!"

"不!喝酒!"说着,他迫不及待地倒了一杯啤酒,一口灌入嘴中,一抹嘴,说道:"谢谢老板你,后天我就不打扰了!"

"不,欢迎先生天天来小店。您这是高看我。"

"唉，我该回去了！"

"噢，回中国。好呀，祝贺你。我有十年没回去了。中国变化一定十分十分大。"

没想到，那食客竟哭了起来，抽噎着说："我本不想回去啊！"

"为什么？"

那食客看看前后左右，压低嗓音说："老板，实话告诉你。我是随旅游团来的。我是寻亲来了。但是……"

这番话让餐厅老板一下子激动起来，一拍胸膛，说："有什么需要我帮助的，说！"

那食客重重地叹了口气，说："实不相瞒。我是刚刚从中国的监狱出来的。别这样看我。为什么？为了我的家。我为了让女儿能生活得优越，为了让妻子生活得幸福。利用权力，啊，那个。但我的'点儿'太背了。犯了事儿，被判了12年。12年啊。好在我早已把绝大部分的钱全转到美国了，也早把妻子女儿送到了美国。

老板点点头，说："你这样的我见过好几个，不过……"

"别什么不过。听我说完。去年我出来了，但是紧接着收到了离婚起诉书。但我还有女儿。我的女儿乖极了，从小就和我最亲。她在上小学时就被我送到美国来。她不会离开我的。"

"所以，你到美国找你的女儿来了。可你总到我这小店来……"

"唉。没想到，不知为什么，当我告诉女儿我要来的消

风雨桥洞夜

息后,她没有了信息。我害怕,怕她遇到了什么不幸。这个赌城,可是什么都可能发生的呀。而上你这餐厅,是因为当年我和妻子相识的餐厅,也叫'红蕃',难道是天意?我就不由自主地进来了。"

老板扫了一眼邻桌那一对宝贝儿,问食客:"你的女儿会不会是那位小姐?"

食客坚定地摇摇头,笑道:"怎么可能,一是我的女儿当面坐在我面前,她怎么会不认我?她变化大,可我没怎么变呀;二是我的女儿长得甜极了,哪会像她,不知是哪个王八蛋生下的。"

"那你为什么不给你女儿打电话?"

"打。我总打,可是一打,就是一个男的,说英语,我听得出,他是骂我打错了。也许,也许我可爱的女儿真的遇到什么了。唉。"

老板想了一想,说:"你可以告诉我你女儿的手机号码吗?"

"干什么?"

"也许用我的手机打,她会接的。"

"不可能!不可能!"但是,那食客还是说出了一组号码。

老板掏出手机,拨了那个能带给这食客惊喜和不幸的电话。老板的电话刚刚拨完,就听到一阵悦耳的彩铃声,接着,邻桌那个女孩儿就抄起了电话,看了看,问:"谁,我是玛丽!"

131

几乎是同时,那食客手中拿着的酒瓶"砰"地掉在了地上。他颤颤地站起来,一步冲到那女孩儿面前,死死地盯着她,问:"你是玛丽?你是小瑞?"

那女孩儿的脸急促地抽动了一下,然后冷冷地说:"穷鬼,你认错人了!"随后,挽起那光头男孩儿的胳膊,朝老板甩下几张美元,"噔噔噔噔"地走了。

那食客好一会儿才反应过来,要追出去。他高声大喊:"没错。是她!我的小瑞!我刚才看到她脖子后边的胎记了。"

"红蕃"餐厅老板强行把那食客摁住,说:"老乡,恕我说句难听的话。她早认出你来了,可她不想认你。"

"为什么?为什么?为什么呀?"

"因为,你已经没有什么价值了。"

"我是为了她们才犯罪的,才坐牢的呀。"

"问题是,她们并没有犯罪,她们不愿意和一个坐过牢的人继续生活在一起。老乡,这样的事,我看到的不止一起了。"

第二天,那个食客没有来。餐厅老板本来要和他再好好聊聊,劝劝他,让他放下痛苦,轻松地回国。但他没来。这时,大堂经理将一份报纸递给老板,头版有一张大照片。老板一下就认出了,正是那个食客。而标题是:"中国昔日高官到美寻亲不遇,万念俱灰纵身一跃了却人生。"

风雨桥洞夜

浓雾，高速封路

　　一辆闪着蓝色灯光的急救车拉着一位病人，刚刚进入高速公路十几分钟，就遇上了越来越浓的大雾。滚滚的雾就像飘动的棉絮，一团团的在公路上堆积着。司机瞪着眼睛，却还像瞎子似的，一步步地挪着，时速还没有步行走路快。
　　急救车里的医生心急如焚。她们拉的是一位半个月后准备在全省表彰大会上发言的人物，他叫施天。说起发现施天，也是偶然。那是他的妻子闹着要和他离婚，因为他下岗了，又没有什么积蓄。两口子天天为钱置气。协议离婚后，在离开民政局时，施天感慨之下，说："我虽然没钱，可我的精神丰富。"说的他前妻直撇嘴。施天就说五年前，在市百货公司着火时，他正好路过，冒着生命危险，一气出入火场救出了9个人。他前妻不信，认为他这纯粹是阿Q精神。施天就说你不信可以问呀。他的前妻就去问邻居，邻居也不信。这事后来传到了报社，记者一调查，果然有这事儿，而

社会万花筒之中国好故事系列丛书

且那被救的9个人5年来苦苦寻找自己的救命恩人,可就是找不着。

施天成了英雄,可他却十分不好意思,一个劲地声明:我不是故意说的,是我老婆逼的……大伙就笑,说他真是个做了好事儿不图名的无名英雄。

清晨,施天突然犯病,是急性心脏病发作。和他一起生活的12岁的女儿发现了,才找邻居打电话要的急救车。

虽然医生们在车上对施天进行了必要的急救措施,可是真正要救他的命还得到急救站才行。而现在大雾封路,什么时候才能雾散天开呀?万一因此而延误了抢救施天,那得是多大的遗憾啊。

急救车像蜗牛似的在高速路上爬行。全车的人,除了施天外都急得不得了。突然,前面的路上模模糊糊有个人影,司机以为自己眼花了,揉揉,是个人,他一个急刹车停住了,探出脑袋骂道:"你不要命啦?"

拦车的是个年轻的姑娘,也就二十五六,穿着一身藕荷色的衣服,她对司机笑笑,说:"大哥,我有急事儿,搭个车!"

司机没好气地说:"不行!我又不是公交车。"

可那姑娘横在公路上不走,弄得急救车也过不去,医生就说:"让她上来吧,一只羊是放,一群羊也是放。"

那姑娘上了车,对医生一个劲地感谢。车继续前行,那姑娘说:"天,你们这样开,什么时候能到省里呀?"

司机没好气地说:"你能,你来开呀!"

风雨桥洞夜

姑娘一听，立即就要司机离开驾驶台。司机说："你开什么玩笑，我都二十年驾龄了，都不敢开，你以为你是谁。"

姑娘笑笑说："我是驾校的教练，专门跑这条路的，我对这条路熟悉，让我试一把吧，不行，再换！"

司机仍不干，可医生却动了心，对司机说："让她试试，没准行呢！"

这医生也真是成了有病乱投医了，你也不想想她光凭一张嘴说，你见过她开车吗？

司机一赌气，骂骂咧咧地就让开了驾驶台。

那姑娘坐上了驾驶位，一挂档，一踩油门，车"呼"地就窜了出去，"嗖嗖嗖"地一下子就上了80迈。这下子全车的人都愣了，是又惊又喜。喜的是照这样开，一会儿就能到省城，惊的是这也太冒险了，别再出个车祸，那可就吃不了兜着走了。

那姑娘不苟言笑，眼睛紧紧地盯着前方，双手握着方向盘，车是开得又快又稳，她不像是在浓雾中开车，倒像是在F1赛场上飙车。

一个小时后，急救车就开进了省急救中心，医生们急急地将施天抬下车，进行抢救。当然，临别时没忘了谢谢那个在关键时刻帮了她们一把的姑娘。那姑娘不好意思地笑笑，说："没什么，谁见了也会这样做的。"

医生问那姑娘姓什么叫什么，那姑娘寻思了一下，说："我叫何月华！"

因为及时,施天被抢救过来了,主持手术的医生说:"再晚到10分钟,那就来不及了!"

随车出诊的医生就说了在高速路上遇到的事儿,说要不是遇到那个姑娘,我们就回天无术了,这施天真是命大。

主持手术的医生随口问:"那姑娘哪儿的,叫什么?"

"不知哪儿的,她叫何月华。"

"什么,何月华?"

"是啊!"

"不可能啊!"主持医生自言自语,"去年这个时候,我接手过一个车祸病人,也是叫何月华,可是因为延误了时间,她没有被抢救过来,去世了。"

众人就摇头,认为这名字是巧合。

这时,主持医生愣了愣,问:"刚才那个病人是叫什么来着?施天?"

"是的,施天。"

"哎呀,对了!"主持医生说,"我想起来了,去年就是这个叫施天的男人把何月华背到咱们中心的,他说,他在公路上发现了一个被撞的人,就背来了,那姑娘穿着一件藕荷色的衣服。"

大家听了,全傻了,天,刚才他们遇到的是一个死去的人呀,众人就唏嘘不已,一个个左看右看,仿佛那个何月华就在他们身边似的,但是一个信念大家都相信了,这个世界上,不管你是谁,只要你干了好事,神鬼也会相助!

这是个真的故事,发生在……

风雨桥洞夜

生死相约

九九重阳节的那天,电视台搞了一台直播晚会。什么内容呢?就是将全市10对钻石婚的老人召集在一起,进行现场采访,让他们说一说自己的婚姻故事。

哈,钻石婚,整整60年,一个花甲,相约相守,在今天的"闪婚、闪离"族看来,简直就是天方夜谭了。所以,这台节目一预告,就吸引了不少的观众。

其实,晚会的内容并没有什么噱头,也没有什么"爆料"。一切是平平常常。可是平平常常就是真呀。

第五对老夫妇是一对已经结婚65年的老人。他们一出场,就引起了观众的骚动。因为这对加起来有170多岁的老人,不仅精神面貌十分的好,外表不像实际年龄,而且行动也不像,走起路来不用拐杖。二人手拉着手,一刻也不分开,让在场的观众不禁发出了由衷的笑。真真是"执子之手"啊!

晚会有一个"真情告白"的情节,就是二人像当年结婚宣誓那样,面对面地说出真心话。这是全场的高潮戏。老人们会不会在芸芸大众面前说出自己的真心话呢？俗话说：小小孩儿，老小孩儿，一点不假。这些老人对主持人的安排都十分配合。轮到第五对时，全场气氛达到了最高。因为这是今天到场的钻石婚老人中婚龄最长的一对。不仅如此，因为刚才他们对观众说，结婚65年来，他们没有红过一次脸，没有吵过一回架。这是真的吗？这样的生活不是太缺乏情调了吗？观众都想从这"真情告白"中得到他们的一些隐私。

男人已是白发苍苍，女人也是一头银丝。二人在聚光灯的照耀下，手拉着手，面对着面，似乎心有灵犀一点通，不约而同地都微微地闭上了眼睛，仿佛要从历史长河中找寻那已经远去的青春时光。当二人同时睁开双眼时，男人已经是泪光闪闪，他看着妻子，喃喃地说："亲爱的，今年，是我们踏上红地毯65个的年头。这么多年来，有一件重大的事，我一直隐瞒着你，很对不起你，这也是我心头的一块病……"

此话一出，全场哗然。果不其然，再美好的婚姻也有波澜呀。哈，难道这男人也有风流史？也有婚外情？现在要告诉自己的妻子了？人们看到，那女人听到这话后，身体微微颤了一下，随后她笑了一下，轻轻地说："说出来吧！别憋在心里。不管是什么事儿，我都不和你计较。"

女人的态度是观众没有料到的，一个妻子，能容忍丈夫的一切，难呀，人们对女人的大度报以热烈的掌声。

男人深情地将妻子的手拉到自己的脸上，边摩挲着边说："我要告诉你的是，我其实不是属马的，我是属猪的。"

风雨桥洞夜

观众有些不解了,这算哪门子事儿呀?爱属什么属什么呗。但主持人显然对民俗有一定的研究,她说:"老爷爷,您是不是真实的属相和老奶奶的属相不相配呀?"

男人点点头。

那女的发问了:"那你为什么要骗我和我的家人?"

男的说:"因为我爱你!"说着,动情地将妻子一下子揽到怀中,"从我看到你的第一眼起,我就决定要和你相约相守一生!"

女的笑了,说:"你属猪,我属虎,不是挺般配的吗?"

男人摇摇头说:"属猪的要娶比自己小15岁的虎姑娘才是好姻缘,可你才比我小8岁,我知道,你父母不会答应的。所在,在朋友的策划下,我违心地说自己是属马的。马和虎相配,夫妻相敬,紫气东来,福乐安详,家道昌隆。"

女的又笑了笑,说:"真没想到,你外表这么老实,却是个大骗子。不过可以原谅的。亲爱的,我也有件重大的事,也一直压在心底没敢对你说。"

哇塞,真真没想到,这旧社会过来的老妇人也有自己的隐私,那又会是什么呢?

女的不好意思地说:"真是'不是一家人,不进一家门儿'呀,我和你犯的是同样的错误。我其实不属虎,我属猴儿!"

观众还没反应过来,可那男的却一下子僵住了,又问了一句:"你真的属猴儿?"

女的点点头。

男的却摇摇头,自言自语地说:"不可能!不可能!

猪猴不到头，朝朝日日泪交流呀！"说罢，他摇了摇妻子，问："为什么？你为什么要骗我？"

"我刚刚15岁，说媒的就踏破了我家的门槛。我妈妈说了，报个假属相，看看男方属什么再说。以防男方骗我们。你说你属马，和属猴儿的也般配，我妈又看你挺实在的，所以……"

男的似乎很在意属相，还没有从震惊中出来，喃喃自语："猪猴，猪猴，我们是过不到头的呀。"

女的上前半步，踮起脚尖，吻了下丈夫，说："傻老头子，我们不是大半辈子都过来了吗？你怎么还陷在泥坑里出不来？人算不如天算。但是，真爱能改变一切。只要真爱，老天爷也会成全我们的。都65年了，还过不到头吗？老天爷赐给了我个好丈夫，下辈子我还要做你的妻子，愿意吗？"

男人听了这话，一下子回到现实中。他愣了有几秒钟，大概在回忆65年来的件件往事，是啊，什么猪猴不到头，两眼泪交流，二人不是天天厮守在一起吗。男人咧开嘴笑了，随后他激动地将右手举起，对妻子宣誓似的大声说："我愿意！"

主持人很会掌握气氛，她笑着上前，说："奶奶、爷爷，我算了一下，65年了，你们二人都蒙在鼓里，一直以为爷爷比奶奶大8岁。现在，错案纠正过来了，实际上是奶奶比爷爷大3岁，这可应了一句老话，女大三，抱金砖嘛！"

男的就一下子把女的抱起，说："亲爱的，你就是我一生的金砖！"

"哗……"全场又响起经久不息的掌声。

风雨桥洞夜

闻香破案

清乾隆四十五年初春,浙江萧山人纪宝年双喜临门。一是多年丧妻鳏居的他喜得佳人。妻子刘氏是苏州首富的千金小姐,既漂亮又温柔。二是因他破了苏州狮子林一桩多年积案,被正在江南巡游的乾隆爷闻知。乾隆爷龙颜大喜,一道圣旨,调他到京城顺天府任职,成了首善之区的父母官。

纪宝年急急赴任,只带了刘氏及她的贴身陪嫁丫环闻香。这闻香20不到,长得也是十分水灵。纪宝年初见她时,就感到似曾相识,特别是她的身上有一股淡淡的奇异的香味,纪宝年似乎在哪里闻到过。因这层感觉,纪宝年对闻香从不当手下人对待。

纪宝年刚刚到任,京城就发生了一桩大案。前门外大栅栏的"同仁堂"药铺库房失了窃。丢失了价值千金的贵重药品,而这些药品都是给内廷配药用的。

事不宜迟。纪宝年便立即带着捕快到"同仁堂"库房查看。这库房就在大栅栏一条胡同内，四周都是一丈多高的围墙。它的前院是晒药材的地方，后院的二楼才是收藏贵重药品的地方，而前院同后院只有一道小门可以通过，平常总是"铁将军"把门。纪宝年查看了半天，无论是大门还是小门，都没有撬动的痕迹。盗贼不从门入，从哪里进来的呢？最后，在那高墙上发现了一双淡淡的脚印。不难看出，这盗贼是翻墙而入的。纪宝年不由皱起了眉头，自言自语道："这厮轻功甚是了得！"

除这脚印外，那盗贼再也没留下什么有价值的破案线索。顺天府的捕快张全也是干了多年的老江湖，就派人在全城到处寻找卖贵重药品的人，欲以此为突破口抓到那盗贼。可是，几天下来，什么动静也没有。

纪宝年这才明白，这顺天府的差事不是好干的。就在他为此案苦苦思索之时，半个月后，在距离"同仁堂"不远的珠市口"隆益福"典当行又发生了一起大案。"隆益福"的掌柜白启堂在报案时已经近乎精神崩溃。从他断断续续的叙说中，纪宝年了解了个大概。

前天，白启堂的独生子白紫虹对他说，城西南金家村的本家爷得了重病，要白启堂回去看看。那本家爷对白启堂有恩，听了这信，白启堂立即雇车去了金家村。到那一看才知，这本家爷根本没什么病。白启堂就气，气白紫虹对他扯谎。白启堂昨天回城，发现白紫虹已经不知去向。待今天早上一开门，有人来赎当。此人当的是一件缂丝陀罗尼经被。这缂丝陀罗尼经被虽然不显眼，就像是一件袈裟，可它却不

风雨桥洞夜

是袈裟,而是皇家的专用物,价值六十万两白银。但是,当朝奉打开存放贵重当品的库房时,傻了。那件缂丝陀罗尼经被已不知去向。

"大人,六十万两呀。我如何赔得起呀?"

"这么贵重的当品,为何没人看管?"

"有的有的,小的专门有四个武林高手负责看管。"

"那他们都干什么去了?"

白启堂就说,前天他申时前脚出门,那不肖子在酉时就后脚回了家。回到家,他就找那四个看护库房的人喝酒打牌。那四人不敢。可白紫虹说,我爸爸已经去了郊外,今天回不来。那四人虽然知道重任在肩,松懈不得,可也不敢太违着大少爷的意呀,就半推半就地喝开了。这一喝就忘记了每过半炷香去巡查一番的事儿。这顿酒喝到很晚才散。四人酒后倒是没忘了身上的担子,去外面巡查了巡查,看看一切正常,就没当回事。没想到今天才发现丢了价值连城的宝贝。

纪宝年微微一笑,对张全使了个眼色。那张全出去,不消一个时辰,已经将白紫虹带了回来。并悄悄附在纪宝年耳边说:"我已经查看了现场,盗贼是用短刀撬开库房门上的铜挂锁的,而且进去后直接奔放丝经被的柜子,其他物品一概没动,看来是专门为这件宝物而下的手。"

纪宝年点点头,将惊堂木一拍,那白紫虹就吓得尿了裤子,一二三四说个不停。可是说了半天他对丢了贵重当品一事还是不说,只是说什么将老父亲支到城外就是为了能去八大胡同逛妓院。至于为什么要让看库人喝酒打牌,他说是为了让这帮人不在他老父亲面前说自己的坏话。

纪宝年当然不信，就用了大刑。可是那白紫虹咬住牙关就是这几句话。

纪宝年看打不出什么结果，又怕屈打成招造成冤案，就将白紫虹收了监。然后派张全细细地去了解白紫虹的其他情况。两个时辰后，张全回来，说前天白紫虹确实去了杏花坊，其他的还查不出他有什么。

纪宝年就寻思，这白紫虹既然好逛窑子，自然需要大笔金钱，他会不会已经将那丝经被送到当铺或者旧货店换成了钱？张全也认为有可能性，就派出手下的人到城里的所有当铺、旧衣店等处细细地查找。可是没有。

这起案件就陷入了僵局。

纪宝年心中有事，回到寝室也是唉声叹气。正在屋内收拾的老妈子见了，吓得不敢出大气。夫人问他为什么这样愁眉不展，纪宝年就简单地说了说丝经被一事，说这赃物到哪儿去了呢，为什么全北京都找了就没有呢？这时，那老妈子就张张嘴欲言又止。夫人看到了，问："王妈，有事儿？"

老妈子嗫嚅地说："我们三河也有当铺的。"

一句话点醒了纪宝年，对啊！那盗贼盗到如此值钱的物品，会轻易在城内卖吗？那不是等于自投罗网嘛。拿到北京周边的三河、宝邸倒是不错的主意。想到此，他立即召来张全，让他带人到涿州、三河、宝邸等县城去寻找那丝经被的下落。

花开两边，各表一枝。话说那张全带人到北京城周边

风雨桥洞夜

的县城转,这一日,在涿州县城内的"通益行"典当铺有了收获。开始时那掌柜的还没把张全当回事儿,可当张全掏出顺天府的公文,那掌柜的傻眼了,忙从里屋拿出那缂丝陀罗尼经被。张全一看,哑然失笑,说就这件袈裟值几十万两白银?掌柜的笑笑说:"大人,你不知,这可不是什么袈裟,而是给驾崩了的皇上身上盖的。袈裟都是小片布缝缀的,而这件你看,是整块的黄缎子。"说着掌柜的又将丝经被拿在阳光下,说:"这里面透出花纹了吧,还有经文呢。前天,一个少年来当的,要的是绝当,我开价四十万两,他同意了。可我小店面,一时拿不出这么多钱,我先给了他二十万两。要他今天再来取剩下的二十万两。不瞒你说,这件宝贝儿,我转手就能赚上它几十万两。哎。可现在,可能连本钱也捞不回了。"

张全心中一喜,问那少年何时再来。掌柜的说:"就今天,再有半个时辰吧。"张全就布置手下人在当铺的周围潜伏下来,专等那盗贼进门。

正说话间,就见门帘一挑,从外面走进一个美貌少年,看外表也就二十出头。掌柜的忙给张全使眼色,张全就凑上前,问:"你这丝经被真是件宝贝儿稀罕物,如果卖给我,我给你八十万两。"

那少年瞥了一眼张全,嘴角咧了咧,说:"你行,是个行家!"

张全说:"我不是行家,我是朝廷的捕快!"

那少年冷冷一笑,说:"爷是长大的,不是吓大的!"

张全"嗖"地从怀中掏出顺天府公文，在柜台上一拍，说："那你看看这个！"

那少年一看，扭身就走。可他哪里走得了。从门外"呼"地围上来七八个人，将他死死按住。突然，一个差役叫道："天！她是个女的！"

张全一愣，走上前，一把撕开那少年的外衣，一下子露出了女儿装。

张全也不管是男是女了，喝令手下给这女贼五花大绑，捆了个结结实实，然后带着她出了门。为了尽早回去交差。张全让那女贼坐在自己的马上。他坐在后面，让那女的坐在前面，二人合骑一匹马，也不休息，立即打道回府。

一行人马快马加鞭，从涿州城内急急地穿城而过。到了城门口时，那女贼突然一个鲤鱼打挺，"噌"地从马上站起，张全还没有反应过来，就见她用脚一蹬张全的前胸，发了一声喊"咳！"随后就像一只飞镖，借着张全的身体"嗖"地飞上了城墙。张全一行人马来不及收脚，那马队全钻进了城门洞。等他们调转马头，再回来寻找时，那女贼早已顺着城墙上面跑到一处，然后纵身跳下，无影无踪了。他们只是在一里地外的野地里找到了捆她的绳索。

煮熟的鸭子飞了，张全别提多懊丧了。

张全回来向纪宝年一说，纪宝年也感到这女贼不是一般人物，他摇摇头，沉思了一阵，对张全说："你这么这么去办……"

几个月后，全北京城都风传说，和珅和大人新近从沙皇

风雨桥洞夜

那里淘进了几件宝物，件件都价值连城。

果不其然，这消息惊动了那个女贼。她在一个光天化日的早上大摇大摆地步入了和府内。虽然这事是纪宝年精心布置的，也得到了和珅的首肯，并在暗处布下了捕快，可谁也没有料到这女贼会在白天光顾。当和府的管家发现她时，她已经将宝物窃到手了。管家见状，也急了，边喊捕快，边带十几个家人从四面围了上去，直将那女贼逼到了墙角。管家看看高墙，厉声喝道："那厮，还不快快就擒！"岂料女贼冷笑一声，一发力，"嗖"地从高墙上翻飞而出。将管家一伙晒在那里，半天回不过味儿来。好在张全已经吸取了上次的教训，不仅在府内，就是在和珅府宅外周边都布下了眼线。不消一袋烟的工夫，就有人报来，那女贼回到了西什库附近的"悦来客栈"。

张全带人赶到"悦来客栈"时，还是晚了一步，那女贼刚刚离去。纪宝年赶到闻听后，不由对这女贼另眼看待。感到她真是了得。

虽然人已经走了，但是她的有些东西来不及收拾，落在了"悦来客栈"。纪宝年就让人将这些东西一一收起，带回去琢磨。

虽然已是夜深人静。可是纪宝年仍没有一丝睡意。他坐在桌前，面对着从"悦来客栈"收回的物品，一一审看。这些不过是些女人的用品了，可在纪宝年看来，其中可能就藏着破案的玄机。

丫环闻香悄悄地进来了，她是奉夫人之命来给纪宝年送夜宵的。因为没有夫人在身边，这闻香就显得有些随便。因为她早已对纪宝年有好感。而夫人也不止一次对纪宝年说，要他将闻香收了房。可是，纪宝年一来与夫人刚刚成亲一年多，二来整天忙于公务，对女色不是太在意。

那闻香因为这层没有挑破的关系，对纪宝年就有些撒娇，嗲声嗲气地问："老爷怎么对女人物件这么感兴趣，我回头要禀告夫人。"

纪宝年挥挥手，说："我在干正事，你歇息去吧！"

可是闻香却不走，并拿起桌上的东西，她看了看，说："怎么这些东西上都有一股茉莉香的味道。"

纪宝年"噢噢"着，突然，他抬起头问："闻香，你刚才说什么？"

闻香调皮地眨眨眼，说："我不说！"

纪宝年摇摇头，哄她："告诉我，日后我将你……"

"怎么样？"

纪宝年说："你心里明白就是了。"

闻香脸"腾"地红了，轻声地说："老爷，这些物件上都有一股茉莉棒香的味道。"

"你怎么知道的？"

"回老爷，闻香的家就是做香的。自然从小就对各种香敏感，我的嗅觉不会错的。"

纪宝年心中一动，似乎感觉到了什么，可是又说不清楚。他问："这么说，这些东西的主人是与香料打交道的？是开香铺的？"

风雨桥洞夜

闻香点点头，又拿起那些东西一一闻过，然后说："可是，这上面还有其他品种的香味儿，有栀子香、幽兰香、夜来香……"

纪宝年说："如此，肯定她是香铺的人了。"

"错了，老爷！"闻香说完，感到话说重了，不由吐吐舌头，说，"闻香掌嘴，不是老爷错了，是闻香没说清楚。此人不是开香铺的。因为，香铺是不会将不同的香放在一起的，怕串味儿。"

"那……"

闻香一笑，说："她十有八九是住在庙里，而且是不大的庙。因为小庙是不会将各种香分开放的。"

纪宝年听到此，心中已经了然。他兴奋地忙把张全呼唤起，要他清晨即到京城各个小尼姑庵去。

张全不知为何。纪宝年说："那女贼是个尼姑。"

"啊？！"

"你见过她的，这次，千万不能再让她跑了。"

按照闻香的提示，张全没用一天的工夫，就在西山脚下的明月庵撞上了那女贼。二人终归打过一次交道的，一照面，都愣了。张全是没想到果真踏破铁鞋无处觅，得来全不费工夫。而那女贼是做梦也没有想到，在这西山脚下，在一个冷僻的尼姑庵竟遇上顺天府的捕快。

说时迟，那时快，那女贼二话不说，扭头便跑，几步就翻上了墙头。张全是有备而来，岂能容她再次逃脱，一扬手，"嗖"地飞出一支飞镖，一下子扎进那女贼的右大腿。

她"哎哟"一声,从墙上跌倒在地。

几起大案的主犯被押解回城。但是,那女贼任凭你如何审问,甚至用大刑,是半个字也不吐。她是哪里人氏,为什么要干出这些惊天大案,她的身后有没有另外的主谋,她盗窃的那些东西、药品都放在什么地方了,她一概不说。纪宝年怕夜长梦多,再让她逃脱,就向刑部上报,判了"斩立决"。

当然,那白紫虹也被放出来了。他哭着对白启堂说:"孩儿我再也不敢了。"

这件大案多亏了闻香的一番话,没有闻香,案件还不知得拖到猴年马月去。纪宝年的妻子想趁此,催促纪宝年把闻香收房。可是纪宝年却陷入沉思,不声不响。夫人问:"又怎么了?"

纪宝年说:"我在琢磨,闻香身上的那股香味儿我怎么那么熟悉呢,现在我找到了答案。那年,在我前夫人被杀死的现场,就有闻香身上的那股香味儿呀。"

夫人一听,吓得哆嗦起来,说:"难道闻、闻香,她、她是杀死你前妻的凶手?可是,夫君前妻死了已经近十年了,那时闻香还是个孩子呀。"

纪宝年点点头,说:"不错,她当时还是个孩子。但是,她的身世,她的家里……夫人了解吗?"

正这时,门"呼"地被推开,闻香黑着脸闯了进来。纪宝年夫妇一愣,正要张嘴问,那闻香"扑通"一声跪在地上,说:"老爷,你不用查了,我家就是祖传做香烛生意

风雨桥洞夜

的。老爷的夫人也是家父杀害的,可是,自干了那件伤天害理的事情后,我家一败千丈。先是家中失火,将家产烧尽,后来我的哥哥突然发病死亡。父亲认识到自己的大罪后,服毒自尽了。临死前看到冤魂无数。他要我们为他还老爷的债。为此,我娘将我送到夫人家,又让人牵线搭桥,让老爷和夫人成亲,以让我成为夫人的陪嫁丫头来到老爷身边。闻香本来还有个奢望,能给老爷做小,日日夜夜为老爷暖脚,服侍老爷,以为家父赎罪。日后若能为老爷生个一男半女,也算不负小女一片孝心。现既然老爷已知闻香身世,闻香无脸再活在世上,只望老爷保重!闻香敬重老爷!下辈子再为老爷暖脚吧!"说着,从衣服里掏出一把剪刀,"呼"地扎向自己的胸膛。

好一个纪宝年,一下子扑上去,夺下了闻香手上的剪刀。他对闻香说:"难为你娘,也难为你了。冥冥之中,善恶终有报应。闻香,我原谅你父亲的在天之灵了,我答应夫人,现在就收你为我的如夫人!"

闻香早已泣不成声,她抽咽着说:"闻香无以报答,唯有做牛做马!"

因纪宝年破了京城大案,乾隆皇上赐给顶戴花翎,官升从一品。纪宝年后来多有政绩。这是后话。

社会万花筒之中国好故事系列丛书

我有一张"二皮脸"

我病了,可是我没有医保,只能调动自身的抵抗力与之抗衡。清晨,正当我烧得迷迷糊糊时,突然接到了天宇公司的电话。他们通知我明天去面试。我不敢相信这是真的,一连问了三四一十二遍:"你说什么?我,面试?"当得到对方肯定的答复后,我的手竟抖的不能自已。你们不要笑话我,因为,因为我真的受到的打击太多了。毕业两年了,我投出了N个求职信,但都应了那句俗语:泥牛入海无消息。

为什么会这样呢?我明白,都是左脸惹的祸。我的左脸自打出生时就与右脸不一样,说白了,就是左脸不仅皮肤厚,而且是深紫色的,也就是我长了一张阴阳脸,也叫二皮脸。这样一张脸,往往给人一种恐惧感。从小学到中学,从中学到大学,我没有闺蜜,更没有异性朋友。所以,大学毕业后,虽然我的业务精湛,可我一而再,再而三地因这张二皮脸而求职失败。

风雨桥洞夜

　　而这次面试，我知道，是因我那份优秀的策划方案打动了公司。可这只能是第一步。要进入这家公司，还需要……为了这次面试，我做了充分的准备，包括早就准备好了的医院证明。

　　第二天，我准时来到了天宇公司。面试我的竟是董事长。这是个三十多岁十分精明的男子。当老总与我面对面时，我立时慌了。因为我感到了老总那犀利的目光一直停留在我的左脸上。但我很快调整好了心态，从容地拿出医院证明书。那上面证明我左脸上的紫色癍痕是因为急性皮肤感染造成的，而医院在治疗过程上的失误，导致扩大了，但这是可以治愈的，只是需要一定的时间而已。

　　老总浏览了一下医院证明，然后还给我，微微一笑，说："我很理解。但我的妻子是皮肤科医生。"

　　天，怎么会这样？我知道老总的潜台词：不要骗人了，你这张脸不是什么感染造成的，而是天生的。

　　果然，老总接下来说："你的策划书我们十分欣赏，看得出来，你的专业水平十分优秀。但是我们这次招的是公关部的职工。我虽然是董事长，可重大决策也需要通过董事会……"

　　不用说了，我明白，我这次求职又以失败告终。

　　我不知是怎么逃出天宇公司的。我没有眼泪，我做的第一件事是，立即搬家！因为，我没有钱交房租了。

　　俗话说，屋漏偏遇连阴雨。就在我刚刚钻进地下室的第三天，我接到了妈妈的电话，她哭着说：你爸快不行了。我的脑袋"嗡"地大了。

我赶回了老家，看到爸爸因肝病而饱受折磨的样子。其实，他是可以治好的，但需要钱，需要一笔不菲的钱。但我们没有。爸爸拉着我的手，目光中满是对人生的留恋，他说："闺女，爸拖累你了。"

"不，爸，是我没有本事，没能挣到大钱，把你的病拖到今天。"我转回身，对妈妈说："妈，咱们就是砸锅卖铁，就是要饭，也得救爸爸！"

虽然我们能借的全借了，能卖的都卖了，可还只是杯水车薪。怎么办？难道就眼睁睁看着爸爸撒手人寰？不！绝不！突然，我灵机一动，对妈妈说："走，和爸爸一起去北京！"

"闺女，你糊涂了，去北京干什么？"

"哎呀，您就听我的吧！"

于是，我带着爸爸妈妈进了北京城，并将爸爸安置在一处最繁华的大街天桥上，然后，我将早就写好的求助信铺在地上，随后"扑通"一声跪下了，边对着行人磕头边带着哭腔说："大妈大叔行行好，救救我爸爸吧！大妈大叔行行好……"

一天，二天，三天，但我们得到的施舍十分有限。我气愤地向天空怒吼："为什么？为什么？难道人们的良心、同情心都让狗吃啦？"

爸爸对我说："闺女，咱们认命吧！你爹我也丢不起这个脸了。"那一刻，我想说："我一个大姑娘，一个大学生，为了您，我都不怕丢脸，您怕什么？"可我看到爸爸那无助的样子，我什么也没有说出来。我只是说："爸，明天，明天咱们再去一天，如果求不到足够的钱，我们就回家！"

第二天是一个细雨霏霏的天气，我跪在地上不一会儿，膝盖下就积了一片水。虽然很难受，可是我感到，这样的境遇可以激发人们的同情心，可以多得到些钱。可是，一切如旧，没有多少人停下匆匆的脚步。我低着头，嘴中仍是喃喃自语："大妈大叔行行好……"

突然，几张红色的大额人民币轻轻地飘落在我的面前。我以为是幻觉。我揉揉眼，定睛一看，是五张老头票，是五百元，五百元呀！天，终于盼来了转机。我感激地抬起头，对这个有着菩萨心肠的好人说："谢谢！谢……"我的话噎住了，因为，我看到了一张熟悉的面孔。他……是天宇公司的董事长！

我无地自容，我的脸"腾"地红了，红的像煮熟的大虾。

董事长似乎早认出了我，他在等待我的对视。迎着他的目光，我不知是站起来还是继续跪着。他的头转向另一个方向，仿佛是自言自语，冷冷地说："刘淑兰，你很有才华，为什么要用这种方式求生？"

我愤怒了，把那珍贵的五百元"刷"地扔还给他，反驳道："你别站着说话不腰痛！我，有才华怎么啦？我有一张二皮脸，你们会要我吗？这个社会，只看美女，不要才女！

我要生存，我需要钱为我的父亲治病！我不需要你来教训我！可怜我！"

董事长绝对没料到我会如此。他愣了。但随即他又笑了，说："二皮脸怎么了？二皮脸就不能创业了？当然，你遇到的困难会比正常人的多，但打倒你的不是别人，是你自己！"说罢，他又掏出厚厚的一叠钱，连同那五百元，"砰"地摔在我的面前，说："先给你的父亲治病！然后到我的公司来。你让我们好找……"说完，他急急地离开了。我呢，愣了，久久回味他的话。怎么，他们录用我了，因为我搬家让我失去了机会，真的？假的？

虽然我感到受到了侮辱，可是毕竟董事长给的钱可以救父亲的命。在生命和尊严面前，我选择了前者。我将父亲送到了医院。很快，父亲的病得到了控制，并渐渐地有了好转。但是在去不去天宇公司这个问题上，我坚持了，不！因为，我不想天天总在人们好奇的目光注视下生活和工作。可我得生活呀，我需要钱！这时，董事长那天在天桥上的话又响在我的耳边：打倒你的不是别人，是你自己！我想起了海伦，那个盲姑娘至今让人们敬重，不是因为她是个盲人，而是因为她是个与命运抗争的人，是个创造了奇迹的人。我……不就是有一张二皮脸吗？二皮脸怎么啦？它有特征，能让人一眼就记住我，能让人对我的工作更加尊重。能让人对我另眼相待。如果我只会跪在地上乞讨，那换来的只是蔑视。

当我想通这些时，我蓦然感到天地一片开朗。但我应该怎么创业呢？

风雨桥洞夜

一天,我在大街上看到一个男孩子穿的T恤衫上印着几个字:我烦!我烦!

我笑了,心说:我也心烦!突然,有人拦住我,我还没有回过味儿来,我的手上已经多了二张小广告。我扬起手,将小广告扔到路边的垃圾桶里。也就在那一刻,我的心"砰"地一动,天,为什么不……

我找到一家广告代理公司,说了我的打算。经理听了,看了看我的二皮脸,笑了,说:"真亏你想得出来这点子。"

我说:"这叫以奇取胜!"

经理挠挠头皮,说:"有点意思。行,你试试。我一天给你30块,行吗?"

我的头点的像小鸡啄米,生怕他一回过味儿就反悔。

第二天,在北京的大街上,多了一个特殊的风景,一个姑娘的脸上写着广告。她满大街转悠,引起人们的好奇和关注,引起人们的围观。这个姑娘当然就是我了。我已经心地坦然,过去,我因为这张二皮脸不敢正视人们的目光,而现在,我却迎着人们好奇的目光故意将二皮脸,也就是写着广告词的那半边脸转给人们看。人们有的大呼小叫,有的啧啧称奇,有的一个劲地笑不停。当然,也有人怀着不良的心态对我说些不三不四的话,可是因为我自己的心态调整好了,我只是一笑而已。

半个月后。经理主动给我加了报酬,说因为我的广告,那家做广告公司的产品销售直线上升。我笑了,对经理说:"我不干了。"

"为什么？"

"我要成立自己的公司！"

经理摇摇头："你，就你一个人？"

"不是的，我已经找到一些脸上、身上有缺陷的人，他们曾经像我一样，没有自信，受到人们的轻视，我们要扬长避短，要自立自强！"

经理沉默了，半响，他说："我佩服你！我可以支援你一些钱。"

"谢谢！我一定会还给你的，并付利息！"

"一言为定！"我们二人击掌，大笑。

从此，我们流动的人体广告在大街上成了不可多得的风景线。我的公司越做越火，找我们签约的公司越来越多。一天，天宇公司董事长也找上门来。对他的到来，我感到由衷地兴奋。因为，是他的一席话让我找到了自己的价值，找到了人生的新路。

董事长签完约后，却迟迟不走。我问："还有什么事吗？"他的脸"腾"地红了，结结巴巴地说："我可以请你吃顿饭吗？"

我高兴地跳起来，有人请客，傻瓜才不去呢。

可是，我上当了。俗话说，拿人家的手短，吃人家的嘴软。一点不假。就因为那顿饭，我成了天宇公司董事长的老婆。你们会问：董事长的夫人不是皮肤科医生吗？那是他胡嘞嘞的。他是个正儿八经的钻石王老五。你说这事闹的。唉。

风雨桥洞夜

心 病

  大年除夕的晚上，欧阳子路一家在"鸿宾楼"饭店订了一桌席，一家人聚在一起吃年夜饭。

  欧阳子路平时天天有酒席应酬，就是中午在机关里也有专门的厨师为他做小灶。他是美食家，天上地下，水里的河里的江里的他吃遍了，对吃，他真的已经没有什么兴趣了。现在，无非是对家人的一种姿态。

  但是，当菜一端上来，那菜的热气刚刚在桌子上飘散，欧阳子路就睁大了眼睛。他有一个特敏感的鼻子，尤其对菜肴，远远地一闻就能分出高低好坏来。现在，当他闻到红烧鳝鱼时，他就知道这道菜做得地道。他又仔细看了看面前的这道菜，然后迫不及待尝了一小口。嗯，不错，饭店的厨师是按规定的程序做的，八道程序一道不落。否则这菜不会这么美。欧阳子路边品尝边自言自语。不一会儿，菜全上齐了，欧阳子路一一尝了全部的菜，不由喜笑颜开，笑得脸上的皱纹都开了。他感叹每道菜都做得好，做得美，做得精致。菜好菜美，这使欧阳子路的胃口大开，不仅喝了三杯红酒，还吃过了量，边吃边说："好久没吃过这么正宗的扬州菜了！"

是的，虽然欧阳子路顿顿吃名菜，可现在的大饭店也偷工减料，不仅原料以次充好，而且在做的工序上也减少。这样的菜，虽然顾客挑不出什么毛病来，可对真正的美食家而言，那就是食之无味。他没想到，在除夕这个中国传统的守岁的日子里，竟能吃上这么可口的菜肴。

当这顿饭吃好后，欧阳子路突然对饭店的领班说："我要上后厨谢谢你们的大师父！"

女儿拉拉欧阳子路的衣襟儿，轻声地说："爸，您出什么风头？"

可欧阳子路脖子一梗，非要去。领班的女孩子不敢做主，请来了经理。经理听了，笑着说："谢谢您老的夸奖！不过，后厨很乱，我看您就不要去了吧！您的心意我转达给厨师好吗？"

可欧阳子路是谁，堂堂国家厅局级领导。在单位，他的话就是命令，谁敢说不。一个要去，一个不让，僵持了。欧阳子路的女儿一看不好收场，只好将经理拉到一边，悄悄地求他满足老爸的希望。经理想了想，大过年的，都图个喜兴，别为这点小事儿搅得整个饭店出现不快，就点点头，说："好吧！"

于是，欧阳子路在前，一行人浩浩荡荡直奔后厨。

风雨桥洞夜

后厨房里热气腾腾，十几口大锅的火苗存蹿得有三尺高，"砰砰啷啷"的声音一浪高过一浪。

经理将一个正在炒菜的大师父叫过来，欧阳子路忙从女儿手上接过"五粮液"，倒出了满满一杯，端到那个大师父面前，说："谢谢你做的好菜，辛苦了，我敬你一杯！"

那大师父一嘴四川腔："要不得！"

欧阳子路听得耳熟，待抬头细细一看，愣了，那酒杯也"砰"的一声摔在了地上。怎么呢？原来这个厨师是他单位里的，是被他亲自处理过的。

那是一年多前，单位的小灶突然做得精美起来，欧阳子路吃得十分爽口。有好几次，上级领导检查工作后，欧阳子路不去外面的大饭店，就在本单位的小食堂请领导吃便饭。说是便饭，可一点也不比外面的大饭店差，甚至比大饭店做得还好。尤其是扬州菜，做得那个地道。

一次欧阳子路来了几个多年不见的大学同学，中午时他就让小灶多炒了几个菜，同学聚在一起吃吃喝喝，十分开心。也是吃美了，在老同学交口称赞声中，欧阳子路突然生出要见见大师父的想法。食堂主任忙将欧阳子路带到了后厨，把一个四川厨师带到他的面前，介绍说："他叫张帮才，别看他是四川人，可扬州菜做得最拿手。局长您每天吃的就是他做的。"

"好好好"欧阳子路点头肯定。就这时，那个张帮才突然说："欧阳局长，我们来这儿干半年了，为啥子不给我们上'三险'？"

欧阳子路没想到一个小小的工人会对他提出这样的问题,脸上挂不住,就一语不发,准备走。可那张帮才竟一把扯住他,说:"你是最大的官,你得给我做主!"

欧阳子路一下子火了,别说一个工人,就是处长,哪个敢对他动手动脚?他冲张帮才说:"不愿干,走人!"

谁知那张帮才火气更大,竟一下子脱了工作服,"啪"地摔在地上,说:"此处不留爷,自有留爷处!"

欧阳子路问:"你是谁的爷?"

张帮才"嘿嘿"一笑,说:"别人怕你,我可不怕你!"说罢,扭头就走。欧阳子路那天也不知哪来的火气,也不顾自己的身份了,冲着张帮才的后背喊:"孙猴子跳不出如来佛的手掌!我要你给我做饭,你就得给我做!"因为,他自己还挂着省餐饮业名誉会长的职务,他可以左右张帮才的命运。

那张帮才听了,回转身来,对欧阳子路说:"就是给你做菜,我在每道菜里都吐上我的口水,你吃吗?"

现在,在这大年除夕夜,在吃了这顿丰盛的饭菜后,当欧阳子路得知这菜是张帮才做的,他的胃里就像吞进了只苍蝇,恶心得不得了。大年初一,欧阳子路病了。去医院检查了一通,也检查不出什么毛病。

欧阳子路的女儿为此专门上"鸿宾楼"去了一趟,找到了张帮才,问他除夕为她们家做菜时做没做手脚。张帮才"哈哈"大笑,说:"我哪个能做那个啥。你爸爸太多心了。那天我不过是气话。"经理也对她说,这张帮才已经获得了省十佳青年，他绝不会在客人的饭菜里做什么的。

　　女儿回来后对欧阳子路说了，可欧阳子路就是不信。总觉得那天吃了不干净的东西。到了后来，他对任何饭菜都神经过敏，总感到谁在里面吐了口水。他不吃不喝，身体自然就顶不住了。他无法上班了，一直住院。现在，一年多了，不知好没好。

社会万花筒之中国好故事系列丛书

奇怪的病人

　　省第一医院有一个老病号,叫常志钢。今年七十多岁。他一年中总得在医院待上大半年。往往是这个月刚出院,下个月又进来了。他得的是什么病?医生左查右查,什么CT、核磁,能用上的都用上了,也没查出什么毛病。常志钢的说法很简单,就是心里头闷得慌,连喘气都不顺。

　　医生得出的结论是,常志钢心理上有问题,建议他去看看心理医生。常志钢一听就火了,说我有病看病,住院给钱,你们凭什么要撵我走?医生只能摇摇头,心说,你要是爱住就住吧,反正床位也不紧张,你又是公费医疗,百分百地报销。

　　时间一长,常志钢和病友都混得极熟。从早到晚,病房里充满了他的说笑声。可是也有他默默无语的时候,那就是他的儿子来探望他的时候。常志钢这时就像一只打蔫的公鸡,眼神也散了,说起话来也是有气无力的,就像是三天没吃饭似的。他的儿子每次来，待的时间都不长，但是每次都给常老爷子拿来不少的吃食。儿子前脚走，常志钢后脚就"活了"，边把吃的东西一一分发给同房的病友，边开怀大笑。哪像个病人？

也合该出事儿。那天，一个新来不久的医生查房。一拉常志钢病床边的抽屉，发现里面塞满了药。医生就问他为什么不遵医嘱，不按时吃药。常志钢是个老病号，哪把这新来的小青年放在眼里，话横着就出来了："我的药，我想吃就吃，你管得着吗？"

那医生火了："你看病不听医生的，你这病怎么好？"

"我就这样！"

青年医生受到了嘲弄，心里愤愤的，回到值班室就查常志钢的病历。一查一看查出了问题，这哪是一个什么大病的人，是个泡病房的家伙。心说，你把我们医院当成什么了，当成你的养老院了呀，没门儿！这医生就根据医疗卡上的联系记录，给常志钢的单位打了电话。也是巧了，这电话竟打到了纪委。纪委书记一听愣了，说你们医院搞错了吧？常志钢是我们单位的董事长，天天忙得焦头烂额，哪有时间住院啊。医生说没错，常志钢是老病号了，一年能在我们医院住大半年。

纪委书记笑了，说：肯定是你们搞错了，天底下重名重姓的人多了。我天天和常董事长在一起，他能有分身术不成？

放下电话，纪委书记突然感到哪里不对头，就到财务处查了查常志钢常董事长的医疗报销单子,这一查就查出事儿来了,怎么呢?常志钢一年的医疗费用在10万元左右。纪委书记不相信,让财务再认真查一查,财务处长苦着脸说:"不用查了!不会错的,董事长就是这么报的。"

天,一年10万元医疗费,常志钢又没住院。他这是让别人冒名套用单位的钱呀,是犯罪行为呀。

事情往往很简单。在省第一医院住院的常志钢并不叫常志钢,这个老人只是常志钢的老爹。不是自己的钱花着不心痛,他就敞开了住呗!常志钢董事长长期让自己的老爹花单位的钱"享受"免费住院的待遇,是一种不能容忍的行为。他受到了撤职处分。

常志钢,不,应该说是常志钢的老爹,理所当然地被"请"出了医院。开始他还不服,又叫又嚷地"抗议"。但是当听到儿子已经被撤职了,他傻了,呆呆地看着天空,不知说什么好了。

常志钢及时地赶到了医院,因为他要为自己的老爹办出院手续,要自己补交本应该由他掏的费用。常志钢的脸黑着,用一种愤恨的目光盯着自己的老爹。他的老爹跟在他的身后,一个劲儿地"解释":"儿子,我不是故意的。我住院只是想让你常来看看我。我不住院,你一年也不来看我。你妈'走'后,我太孤独了,我太想你呀……"

新来的女孩儿一米九

郭朋近来是又喜又忧。喜的是老刘终于退休了,腾出了处长这个位置;忧的是老刘已经退了三个月,可是空缺的处长仍然空缺,他这个第一副处长还不能顺理成章地升到"正房"。俗话说:夜长梦多。郭朋下面还有三个副处呢,这三个都比他年轻、学历高,这都是他强有力的竞争对手呀。

人一忧愤,气就不顺。郭朋看谁都是不顺眼,整天那话都是横着出来的。

这天早上,郭朋正低头看报,突然感到身边有人在晃动。咦,谁不敲门就闯了进来?郭朋抬头一看,愣了,面前站着一个高挑的女孩儿,高到什么地方?嚯,足足有一米九,模样儿还挺标致。

郭朋压了压"噌噌"往上蹿的火气,问:"你找谁?"

"谁也不找。"

"谁也不找,你进来干吗?出去!"

可那女孩儿一动没动，对郭朋笑了笑，一扬手。她的手上是一块抹布，然后淡淡地说："我是新来的保洁工！"

保洁工？这下子郭朋转不过味儿来了。他又看看面前这女孩儿，怎么看怎么像是模特儿队的。是呀，要模样儿有模样儿，要身材有身材，白皙的皮肤，一对小酒窝，长长的睫毛，扑闪的眼睛。虽然穿的是一身灰色的保洁服，可也不像是从农村出来到城里打工的。

那女孩儿也不再多说，在郭朋目光的注视下，坦然地开始了工作。她又是擦桌子又是拖地，十分熟练。

郭朋还正在纳闷呢，突然办公室的门被挤得直响。郭朋火了，高声嚷嚷道："别藏着掖着，进来！"

话刚落音，"呼啦"，门开了，冲进来十几个人，都是郭朋的部下，一个个你看看我，我看看你，又都盯着郭朋，显出一脸的尴尬相。

"有什么需要请示的？"

大家哑口无声。随后又异口同声地说："郭处，我们要保洁工打扫打扫卫生！"

嘿，邪了。这哪儿是要打扫卫生呀，分明是要多看几眼这个一米九的女孩儿嘛。

郭朋还没张口。那女孩儿先说了："各位哥哥、姐姐、阿姨、叔叔，我一个个给你们打扫啊。对了，我叫小雪！"

从那以后，这小雪就成了香饽饽，成了处室的一道风景，给大家带来了欢乐。而且，连省、市政府多次下文强调的公共场所禁烟的命令，也在小雪一句"呀，别吸烟了，多难闻呀"的软软的话语后，立即收到了意想不到的禁烟效果。

但是，如同郭朋一样，谁也不相信这个小雪是从农村出来的。只要小雪在处里打扫卫生，大家就东一句西一句套她的话。可小雪呢，只是嫣然一笑，说："怎么，山村就不能飞出凤凰？哪个天仙妹妹是不是山里的？"大家就"哄"地大笑，一致说："对对对对！"

小雪给处室不仅带来了欢乐，而且带动了全处的团结。郭朋只要一天不见到小雪，就感到心里没着落似的。对于那个处长的位置竟不再多想了。

国庆的时候，集团要搞联欢，要求各处室出节目。不知谁出的主意，竟要求小雪也来一个。小雪听了，脸红红的，说："我，我能行吗？"

"行！行！说你行你就行！"大家一致说。

小雪还是摇头，大家就说：大衣哥，知道不？西单女孩知道不？他们不都是像你一样，你行的。小雪寻思了半天，才勉强答应了。让大家没有想到的是，在联欢会上小雪算是出尽了风头，她唱歌唱的赛似宋祖英，跳舞跳的像是杨丽萍。许多人向郭朋打听："咦，你们处什么时候调进来的员工？有没有对象？"

郭朋说："她，一个保洁工。怎么，想让她做你的儿媳妇？"

"不，不不不。"

时光荏苒，一晃，到年底了。按上级要求，处里要评出个先进人物。每年，一到这时候，人们的关系就特别微妙，表面嘻嘻哈哈，可是个个心里都在打自己的小九九。因为，先进人物不仅是个荣誉，而且还有一大笔丰厚的奖金。这年头，谁和钱过不去呀。有一年的评先，评到最后，全处室的人是每个人一票。也就是说，都是自己投的自己。为这事，主抓行政工作的郭朋不止一次受到上级的批评。郭朋想到此，恍然大悟：啊，说不定我没有升到正处的原因就是这个！

可是郭朋也为此犯了难，在这节骨儿眼上，今年的评先如果还是这样，我这个正处十有八九就得泡汤。

但丑媳妇也得见公婆呀。那天，郭朋主持评先大会，先是讲了讲意义、要求、标准，然后就是要大家投票。让他没有想到的是，这次没有出现每人一票的局面，倒是几乎一致的评小雪为全处的先进模范。

郭朋看看这个结果，是哭不得笑不得。他板着面孔要大家重新投票，结果不仅没有效果，反而小雪的得票更多了。郭朋转而一琢磨，笑了，怎么呢，这是民主投票的结果呀，妈妈的，我就这样上报！

果不其然，第二天，公司董事长把郭朋叫到了办公室，问他开的是什么玩笑，把一个临时保洁工评为了处室的先进。

郭朋眨巴眨巴眼，说："王总，这个结果符合当前和谐社会的标准呀。"

董事长愣了："嘿，你还嘴硬啊！你这是什么歪理？你们处难道连一个先进都评不出，非要评一个临时工吗？评先是件严肃的事,不是小孩子过家家,逗着玩的。"

"王总,我们是很严肃呀。而且,我们这是紧跟中央的政策而行的。"

"紧跟中央?"

"您看,这两年中央接连发文,要求不要歧视外来务工人员,有的农民工被评为了省、市的劳模,有的还当上了社区主任,他们有城市户口吗?没有!他们只是凭自己的劳动赢得了社会的认可。他们虽然不是城市人,但他们应该享有一个城市人应该享有的生活生存权利。所以,我们处的同志们在认真学习了中央精神后,一致评选王小雪同志为我处的先进个人!"

这一席话,把王总噎得脸通红。张了半天嘴,也找不出半句反驳的话来。就这样,小雪一举成了处里的先进人物。

小雪做梦没有想到自己成了先进。她拿到奖金后,请大家在饭店美美地撮了一顿,还把王总等上级领导请了去。酒过三巡,人至半酣,王总突然问郭朋:"郭处,你看,你们处的处长应该谁担当比较合适?"

郭朋一下子愣了。这、这让自己怎么说?总不能当着众人的面毛遂自荐吧。大家听到后,"哈哈"大笑,一个个拥到王总面前,边敬酒边说:"王总,我们推举王小雪当我们的处长!"

王总笑着说:"好啊,那你们就具名写推荐信吧!"

有好事的,立即找来纸和笔,"刷刷刷刷"就起草好了。处里的人一个个兴奋十分,纷纷在这推荐信上按下了手印。郭朋也在大家的簇拥下按了手印。这时，有人开启了一大瓶香槟，众人对着小雪高呼："小雪处长！荣升！"

这酒场上的事儿过去就过去了，谁也没当真。可是放假过后，郭朋接到了一纸任命令：兹任命王小雪任技术处代理处长（主持工作）……

郭朋懵了。竟一时分不清自己是在梦中还是现实中。这王总开的是什么玩笑？一句酒后戏言怎么可以当真？我这儿是技术处，让一个临时保洁工做领导，这不亚于21世纪的天方夜谭。

郭朋手握任命令还在考虑如何向王总申诉呢，门"呼"地被推开，一个人闪了进来。郭朋一看，是小雪。郭朋此时心头的火"噌"地被点燃，他手指门对小雪说："这儿是处长办公室，请你出去！"

没想到小雪一笑，反客为主，一屁股坐在沙发上，对郭朋说："郭处，请你立即召集全处人员开会！"

郭朋正要张口开骂，又有人进来了，是上级人事处处长。人事处长对郭朋说："我们是宣读任命令来的！"

郭朋不知自己是如何坐在会议室内的。而全处的同志们也同郭朋一样，震惊不已。可推荐小雪是大家共同具名干的，这真是自己酿的苦酒自己饮。

更让大家想不到的是，这小雪一反常态，俨然成了处长一样，一二三四布置起工作来。大家在唯唯诺诺后，都纳闷：咦，一个临时保洁工何以对我们的工作如此熟悉？

但是，技术处绝不是省油的灯。在郭朋的授意下，大家采取了软对抗的方针，你小雪不是我们开玩笑推举上来的吗，好，我们就和你继续开玩笑。于是，一份份工作报告递到了小雪的面前，一个个恭敬地对小雪说："王处，请你过目！"

那小雪呢？还真不含糊，把一份份报告一一看过，然后就是一一找人谈话，那被谈话的人出来后一个个面孔如同煮熟的大虾，通红通红。为什么呢？因为，这小雪把他们批评的是体无完肤，关键是小雪指出的都是技术问题。这下子，大家更是纳闷了，这小雪是何方神圣？怎么对我们的工作如此内行？

郭朋通过朋友一查，就查出了小雪的底儿。原来，这小雪是王总的女儿！天，郭朋这才明白，为什么老刘退休后这处长的位置一直空缺，原来就是为了给小雪的，可怜我们全处的人，都在这个一米九的美丽女孩儿面前丧失了警惕，也被王总的老谋深算算着了。唉！

小雪每天仍旧打扫卫生，不过，她都是利用早晚的时间。对工作，她是一点不含糊不客气，但她的脸上总是笑眯眯的，这让受到批评的人也无处撒气。全处的人从开始的对抗、使蔫招儿慢慢地变得顺从了，因为，大家感到，这小雪真的把处里的工作搞得上了一个台阶。

郭朋也渐渐地对小雪有了好感，有一天，他主动到小雪的办公室，对小雪由衷地说："小雪，不，王处，你们年轻人就是比我们强……"

小雪说："郭处，希望你能多担当一些工作。处里还需要你这样的老同志啊！"

郭朋就感到心里热乎乎地，对工作更认真负责了。

"五一"过后，王总来到处室，召集全处开会。王总说："大家都知道小雪是我的女儿，可能认为我是在以权谋私。实际上，我的女儿是英国剑桥大学的在读博士。她回国进行论文准备的这段时间，我有意地让她到咱们这儿来体验体验基层生活，让她从一个保洁工做起。没想到让你们给抬举到了先进和处长的位置。好了，她现在要回学校了。我呢，也通过这段时间，感到你们处团结了，郭朋同志的业务及思想也提高了不少。今天，我宣布：郭朋同志任正处，主持全处工作！"

郭朋听后，并没有感到特别兴奋，他倒是希望小雪能继续在处里主持工作。

全处的人都和郭朋一样，对小雪恋恋不舍。小雪哭了，她哽咽地说："我从你们身上学到了许多许多……"

送别的酒席上，有人提议与小雪合影。当大家喊"茄子"时，一个个都踮起了脚尖，因为：这个女孩儿一米九！

风雨桥洞夜

圆 梦

1944年春天，中国远征军新编22师3团进入了缅甸荒凉的野人山地区。日军的追击，食物的匮乏，疾病的侵扰，让全团几乎陷入绝望的境地。

一营营长朱占彪已经拉了两天稀了，但是他仍在不停地鼓动战士："坚持！坚持就是希望，就是胜利！我们已经离国境不远了。"那些本想坐下就不起来的战士听了他的话，又咬着牙继续前进。

可是现在，朱占彪自己却先垮了。因为昨夜他做了一个十分奇特的梦。他梦到了老虎和猴子，一群威武雄壮的老虎，个个爪子下摁着一只猴子，个个对他虎视眈眈。而前年一个算卦的人明确对他说过，他命犯寅虎，遇虎则是凶相。朱占彪对此深信不疑。他属羊，"羊入虎口"，岂能有好？今年又是猴年，猴子被老虎压住了，更是凶上加凶。而今天清晨，通信兵告诉他："我们走到了一个叫虎山的地界。"

175

朱占彪听后，立时就没了底气。

人一感到绝望，精神就不行了。朱占彪不知怎么就落在大部队的最后。他感到脚像踩在棉花上一样，软软的。

当收容队的医生杨英看到面容憔悴的朱占彪时，二人都愣了。"占彪，不，营长，你怎么在这儿？"于是，朱占彪就说了梦，说了那个卦相。感叹一声："唉，人算不如天算，我的气数看来是尽了。"

杨英听了，久久不语。然后看着朱占彪，一字一顿地说："你这个梦是好梦啊。"

"你别宽我的心了。"

"不。真的。我给你圆圆梦吧。"

"你会圆梦？"

杨英头一扬，笑了笑说："我家是湖南有名的祖传周易世家。圆梦还不是小菜一碟。你的梦是吉兆。你看，老虎是什么？是百兽之王。这'王'是什么，是一个'一'加一个'土'字，就是说我们离故土只有一步之遥了。而且我们是向西北方向走，西北在《易经》上是'生门'呀。"

朱占彪怔怔地，自言自语道："那……我是在瞎琢磨。"

杨英嫣然一笑，说："快追大部队吧。战士们等着你呢。"

"遵命！"朱占彪"啪"地给杨英敬了一个礼，定定地看着她，说，"妹子，让哥亲一个！"

杨英的脸"腾"地红了，低声说："等踏上祖国的土地时。"

谁能想到，仅仅几天后，当朱占彪再看到杨英时，她已经脱像了。她害恶性疟疾病入膏肓，此时气若游丝。但一看到朱占彪，杨英的眼里立时放出光彩，眼角流下了泪水，缓缓地说："占彪，你来了。虽然没能和你结成夫妻，我也知足了。"说着，从怀里掏出一个布包包，递给朱占彪，说："这是我给你做的护身符，能保你一生平安。记住，这符只能在你离开人世时才能打开。答应我，亲爱的。"

朱占彪哭着点头。在他的怀里，杨英笑着倒在了离国境线不足20里的地方。

斗转星移。到了2010年，又是一个"虎"年。已经91岁高龄的朱占彪也走到了人生的最后阶段，在元宵节那天晚上，他唤来了儿子，让儿子将那陪伴了他整整66年的护身符从怀中取了下来，细细地拆开。他看到，里面是个民间传说的镇邪的"猪惊"（猪身上的器件），还有一张已经泛黄的纸。

儿子念起那纸上的留言："亲爱的，当你读到我给你的遗言时，是20年后，30年后，还是40年后，50年后？但我相信，小日本一定滚出了中国，我们的祖国一定很强大了。我们为之奋斗的梦终于圆上了。但我要向你检讨的是，几天前我骗了你。我不是什么周易世家，也不懂什么圆梦。可我看得出来，你是被自己内心的恐惧吓坏了。于是我编出了所谓的吉兆。当你读这封信时，我知道，我成功了，你胜利了……"

朱占彪笑了，喃喃自语道："湘妹子，我亲爱的，我已经猜到了。但我还要谢谢你。你是属虎的，今年是你的本命年,我想,我到了应该找你的时候了。什么'羊入虎口',我倒真希望能把自己送到你的口里,享受你的温馨。等我啊!"

屋外,震天的鞭炮声响彻北京城。朱占彪,这个传奇人物走了,找他的湘妹子去了!

微笑的曼丝莉

对于美国人来说，在金融危机的时代，能进入曼哈顿银行工作，无疑具有巨大的诱惑力。当然，作为世界上最著名的银行，它对应聘员工的要求也是十分苛刻的。这指的是不仅要进行严格的内部考核，而且还要听取顾客对员工的评价。甚至可以说，顾客的评价有时能左右一个人的命运。

实习生曼丝莉小姐现在就遇到了这种情况。

曼丝莉小姐是优秀的双学位硕士，无论从哪方面都是出类拔萃的。但让人想不到的是，在一个月的试用期里，她得到的顾客评价实在是太差了，虽然她总是面带微笑，而且工作态度也是十二万分地认真。可是，那些个顾客仿佛与她有成见似的，没有一个给她打出高分。唉，怎么说呢。她的窗口是4号，也许是这个倒霉的4号给她带来的霉运吧。二十多天中，没有一个顾客在完成业务后给她的评价是"特别满意"，就连"满意"也极少，大多是"一般"，有的还摁下了"差"。综合起来,她是达不到及格线的。这意味着,她在曼哈顿落脚的梦想就要破灭了。

回到家,曼丝莉小姐心情糟透了。她十分渴望能进入曼哈顿,这是她可以大展宏图的地方。她要一步步地,踏踏实实地做到CEO。可她知道,不可能了。她连起跑线都没能冲出去。她真的不甘心失败。她不明白自己输在什么地方?态度不好?业务不熟练?不、不、都不是,只能说是运气太差。为什么那些顾客是那么挑剔,而又挑不出她什么过错。

今天,是试用期的最后一天,曼丝莉小姐一如既往地第一个来到银行。在洗手间,她补了淡妆,又微笑了一下。她感到自己的微笑还是挺美妙的。是的,大学期间,同学和老师们都说她的微笑是天使的微笑,能化解人间的一切烦恼。可在曼哈顿,却没有顾客欣赏。

突然,手机响了,是她的男友。男友请她在下班后共同喝咖啡,以庆祝她实习的结束。曼丝莉苦笑了笑,心说:明天,我就要为继续应聘到处奔波了。但她没有挑明这件事,只是愉快地说:"一定。我6点到咖啡店,亲爱的!"

当同事们陆续来到银行,看到曼丝莉时,一个个都显出了惊讶的表情。是的,曼丝莉的试用已经是板上钉钉,没有什么回旋的余地了。难道她不知道?她为什么还要来呢?

5号的费雯看看左右没人注意,压低声音对曼丝莉说:"我有个朋友正需要人,你去不去?"

"哪里?"

"花旗。"

风雨桥洞夜

什么，花旗？曼丝莉不相信。她看看费雯，费雯是认真的。费雯说："我是看你太老实，也有相当的能力。我要帮帮你。说实话，这是个肥缺儿。如果不是我已经在曼哈顿的话，我一定去花旗。"

曼丝莉感动得差点流出眼泪，她说："谢谢！我明天试试去！"

"不，今天！必须今天！小傻瓜。这可是机遇。你的手一松，它就会像水似的流走了。也就是你。否则，我是不会拱手相送的。"

曼丝莉犹豫了。她摇摇头，说："可是，我还有一天……"

费雯差点要笑出来："什么，你还记得今天是试用期的最后一天。你真是天底下第一号的傻瓜！难道在今天你想创造出奇迹？让老总改变对你的看法，让你正式加入曼哈顿？"

但曼丝莉不为所动，坚持坐在了柜台前。如果不是当着众多的人，费雯就会与她争吵起来。但曼丝莉有她自己的想法：即便试用不合格，这也是一次难得的实践机会，我要善始善终，我要学会面对挫折，我相信我的能力和实力。

曼丝莉努力不让最后一天影响自己的情绪，也不去想花旗的事儿。她的脸上挂着微笑，迎来了第一个顾客，她举起右手，轻声地说："谢谢您的光临！我愿意为您效劳！"

但这个五十多岁的顾客显然心情不好，眼睛一瞪，说："效劳什么？陪我过夜？"

曼丝莉的脸"腾"地红了，面对这羞辱，她真想好好地骂他一顿。但是她忍住了。这里，是曼哈顿银行，不是法庭。在这里，顾客就是上帝。而上帝是没有任何过错的。

曼丝莉仍旧微笑着，说："您要办什么业务？"

那顾客"啪"扔进来几张纸，高声大嗓地说："你不识字吗？"

曼丝莉连声说："对不起！对不起！"但是她心中说：我对不起你什么呢？

他是办理理财业务的。曼丝莉细心地为他填写资料，为他解释需要注意的事项。在她耐心地解说时，那顾客竟哈欠连天，天，这是个酒鬼还是赌鬼，大概是一夜没睡。

当曼丝莉为他办好业务后，对他微笑着说："请您多多批评！"

那顾客愣了一下，旋即露出了一个诡谲的笑。然后在"差"的键上狠狠地摁下了。随着那显示灯的闪亮。曼丝莉差点流出泪水。这太不公平了！可是，她把泪水和委曲咽进肚里，微笑着说："谢谢！欢迎您下次光临！"

曼丝莉的脸像是木偶似的，始终保持着一副微笑。时间就在这微笑中慢慢地流逝着。当临到下班时，来了最后一个顾客，这是个近七十岁的老人，一脸慈祥，一头白发。这个老人动作迟缓，耳朵也有点背。曼丝莉将对讲调到最大量，并将重要的话写在纸上，递到窗外给他看。老人笑着，点点头。他今天的业务特别多，一件办好了，又想起了一件。当银行打烊时，他仍没有离开的意思。主管走过来，对曼丝莉

风雨桥洞夜

说:"让他明天再来!"

曼丝莉摇摇头:"明天有暴风雪。他这么大年纪。出门不方便的,还是让他继续吧!"主管耸耸肩,无奈地走了。

这时,男友来电话催她了。曼丝莉说:"不行!我有顾客!"

"天,你以为你是正式员工吗?就算是正式员工,也应该下班的!"

"不不,亲爱的。他是一个老人!"

就这样,将近七点,这老人才办完业务。当他离开时,笑了笑,说:"谢谢你,小姐!"并在评价键上摁下了一个钮。当显示灯亮起时,曼丝莉看到那是"特别满意"。她不相信自己的眼睛,再看,是的,是"特别满意"。这是一个月中,她得到的唯一的最高"奖励"。她憋不住了,泪水潸潸而下。她心说:这样的评价来得太迟了,这样的评价对我已经没有任何作用了,不,有用的,这证明我是有能力干好工作的。曼丝莉给自己做了一个微笑的鬼脸。

当曼丝莉与男友刚刚喝下第一口咖啡时,手机响了,银行主管口气严厉地要她立即赶回来。出了什么事?曼丝莉忐忑不安地回到了银行。

主管语气平缓地对曼丝莉说:"今天下午你接待了一个老人?"

"是的,怎么,出了什么事?"

"是他吗?"随着主管的话音,一个老人走进来,曼丝莉一看,正是那个七十左右的老人。主管问:"你们认识?"

183

"不不。不认识！"曼丝莉潜意识里感到主管话中有话。难道这老人就因为给自己摁了"特别满意"，主管就怀疑他与自己有特殊关系？

主管冷静地说："因为他给你打了高分，所以，你明天就是曼哈顿银行的正式员工了！"

天，开什么玩笑？她看看主管，主管十分严肃，不像是开玩笑。曼丝莉问："为什么？"

那老人说："因为你在已经得知转正无望的情况下，坚持了自己的信念。坚持了微笑。坚持到了最后。"

曼丝莉不解。这老人难道有一言九鼎的能力？

"是的。他就是曼哈顿的董事长。他对任何员工的评价具有最后的决定权！"

啊，是这样！董事长走过来，一反下午蹒跚的举止，十分有力地拍拍曼丝莉的肩头，说："我早看了你们三个应聘员工的资料，你是最优秀的。正巧，我们需要一个海外经理，所以，我们就故意给你压担子。祝贺你，顺利通过了考核！"

曼丝莉笑了。笑得十分开心。那一刻，她感到微笑真好！她脱口而出："我要把这个好消息告诉费雯。"

"不用了，她早知道了。因为，她要你去花旗，就是我的主意。那是对你的特殊考核。"

当曼丝莉小姐对我说起她这件往事时，显得十分平淡从容。她现在是曼哈顿银行驻北京首席经理。

最后一程

天黑的时候，飘起了雪花。吴超看看表，已经是快九点了。他犹豫着，要不要关门打烊。这条街上别的店铺早就关了门。虽说家家店铺上闪亮的灯箱都有24小时营业的字样。可是在这深夜，在这雪天，开着门总比关门的店铺能聚来人气。

九点半了，吴超打了个哈欠，伸了下懒腰，把卷帘门徐徐地往下拉。就这时，他听到一阵急急的脚步声。吴超的心"砰"地缩紧了。他弯下腰，直直地往外张望。果不其然，有几个人正往这边走。吴超忙又把门卷了上去，心里暗暗得意。

两男一女裹着冷气，顶着雪花撞进了店。三个人都在四十来岁，一看，就能看出是农村人。一个黄脸膛儿的男人问："老板，有衣服吗？"

吴超点点头，轻轻地问："男的？还是女的？"

那个眼泡肿肿的女人说："男的！"吴超随手拿出了最好的衣服。他知道，现在农村人有的比城里人还敢花钱。那女人扫了一眼衣服，挺满意，问多少钱。吴超看了看他们，心里盘算了一下，他看出这三个人不像是趁多少钱的主儿，就把价钱往下压了压，说："四千五！"

"多少？四千五？"三人异口同声，那样子像是要生生吞了吴超。那女人把衣服往柜台里推了推，意思是买不起。吴超摇摇头，苦笑了一下，他怪自己眼拙，遇上几个不开面的。于是收起这套，又换了一套。这套比刚才那套明显差许多。那女人看看衣服，又看看吴超，自言自语："这套，也很贵吧？"

吴超没说话，只是伸出俩手指，晃了晃。

女人没注意吴超的举动。她把衣服拿起来，翻过来掉过去地看，然后对黄脸膛男人说："哥，这套行吧？"男的看了看，"嗯"了一声。

女人就解开衣服，准备掏钱，边掏边问："多少钱？"

"两千三！"

女人愣了，提高了嗓音，又问："多少？两千三？"

吴超露出鄙夷的眼神，不说话，只是静静地看着他们。

女人挤出一丝丝别提多难看的笑，央求道："师父，能不能便宜点？"

吴超冷冷地说："在这地儿，没有讨价还价这一说！"

女人显得犹豫。黄脸男人对女人说："妹子，咱到别处看看吧！"

风雨桥洞夜

女人摇摇头，低声自言自语："怕来不及了。"

吴超闻听，心中一喜。他知道，这又是一起现上轿现扎耳朵眼儿的主儿。平时没准备，人快咽气了，才想起买寿衣。凡到这个时候，你抬多高的价儿，他们都得忍着。为什么，因为老规矩。这寿衣必须得在人咽气前穿上身才行，否则一咽气，穿了也是白穿，到"那边"是光身一个。

可那黄脸男人显然不愿在这儿买，又说了一遍："到别处看看！"

吴超冷冷一笑，从牙缝里挤出话来："别处？哼，都一样！弄不好比我这儿还贵。不信，你们就去。可说好了，你们再回来，两千三我还不卖了！"

另一个黑脸男人说："你这不是欺负人吗？"

吴超看看他，不紧不慢地说："爷们儿，你这话我可不爱听。我强卖给你了吗？我是明码标价，咱们买卖不成情意在。你怎么说话这么难听呀。"

女人显然心里急，她得赶时间。她凑上一小步，就着灯光看了看衣服，然后抬起头说："师父，你这衣料也就是一般般的布料，成本没多少。咋这贵呢？"

吴超抖抖衣服，说："布料是纯棉的，穿着舒坦。再说了，你看看，这是什么牌的？皮尔卡丹，世界名牌！"

黑脸男人说："还皮尔卡丹呢，外国人有做中国寿衣的吗？就是做，你这也是盗版！"

吴超有点火，盯着黑脸男人说："你还少给我上课。你举报去啊！"

那女人赶紧扯扯那黑脸男人的衣角，对吴超说："师父，就便宜点吧。"

吴超一字一顿地说："一分不能少！还价是对死者的不尊重，懂吗？这是什么地儿？交界处！用句通俗的话形容，是出国办行头。有出国讲价的吗？我还真是头一回遇到。"

黑脸男人说："你这价也太离谱了。"

吴超微微一笑，说："告你说，干我们这行的，都这价儿！吃的就是这碗饭。守着医院，天天看苦脸、听哀乐，一般人愿意干吗？就因为这，物价局都不管，让我们自己定价。怎么，不信？不信咱就打个赌。如果我说错了，我管你叫爷爷！"黑脸男人不再说什么，只是小声嘀咕："也不积点德。"

声音虽小，可吴超听得真真切切，他真是第一次遇到这么难缠的顾客，不由回答道："积德？我给谁积？实话告诉你，我也在黄泉路上呢，别拿眼瞪我，我唬你干啥？我，癌症，已经转移了。保不齐哪天，我也'出国'！"

黄脸男人就瞪大眼仔细地看吴超。吴超指指自己，说："甭看，直肠癌！不传染。"

这时，那女人就拉住黄脸男人，小声问："你还有多少？"

黄脸男人翻翻衣兜，说："接到信儿，就跑来了，没带多少，还有三百！"

女人就哭丧着脸，说："不够呀，这……"她转向吴超。

吴超把脸扭向一边。这场景，他看得多了。做生意，

风雨桥洞夜

该心硬就心硬,要照顾,能照顾得过来吗。但是,他又不想丢掉这笔生意。他寻思着,再耗耗,干这行的,时间就是金钱。反正这深更半夜的,又是人快咽气前,分秒必争的时候,他们也不好找第二家。

正这时,外面传来汽车刹车声,紧接着,又有一男一女急急地跑进来。那男人胖胖的,一看就知道是个款爷儿。他人还没站稳,话声已隔着柜台飞了过来:"老板,给我来套最好的男服!"

吴超眼睛一亮,忙拿出刚才那套。胖男人真痛快,看也不看,掏出钱包,边掏钱边问:"多少钱?"

"五千六!"

"哎!"黑脸男人说,"你怎么说抬价就抬价呀,刚才给我们还四千五呢,这会儿就五千六了。"

吴超一点不慌,说:"你懂什么?我这套是开过光的。"

黑脸男人挺较真儿,说:"开光,什么时候开的?"

那胖男人倒不耐烦了,看了看两男一女,问:"你们是买东西还是搞稽查来了?"

黑脸男的一拦,说:"大哥,你别上当!"

胖男人乐了:"哎呀,我什么时候成你哥了?啊?"

这俩人你一嘴我一嘴正说着呢,"呼啦啦",像龙卷风,从外面又冲进来十几个人,七嘴八舌地说:"老板,买寿衣!"

吴超也愣了,心说今天是怎么了,撞上什么大运了,都赶在节骨眼儿上买寿衣。他就忙上前照应。这些人中有眼快手快的，一眼就相中了胖男人手上的寿衣，其中一个高个小伙子一把就夺了过来。胖男人不干了，嚷嚷道："有没有个先来后到？啊！"

可那伙人仗着人多势众，根本不理他，一个劲儿问吴超："多少钱，说钱！"

胖男人也不是个弱主儿，把那套寿衣一把抓住，死不松手，说："这套是我的！"

黄脸男人忙打圆场，对吴超说："老板，你再拿一套不就结了。"

吴超白了他一眼，摇摇头说："好的就这一套了。得，谁出价高，我就卖谁！"

嘿，寿衣店里也搞拍卖了。胖男人二话不说："刷"地抽出六千块。高个小伙子也不示弱，拿出了七千。

黄脸男人、黑脸男人看不明白了，问："你们这是……"

那胖男人吼道："实话实说，今儿，这衣服我是买定了！我不是为自己的家人，我这是给别人买的！"

高个小伙子也说："我们也是给别人买的！"

"你给谁？"

"你给谁？"

胖男人一下子竟哽咽了，说："给孩子的老师，他、他在危急关头，为了救孩子，死了。"

"啊"高个小伙子愣了，问："你们是张家村的？说的是张健强老师？"

胖男人点点头:"你们……"

高个小伙子哭了,说:"我们也是为张老师买寿衣啊。我是学生家长。"

胖男人说:"我也是,没有张老师,我的孩子就……"

吴超听得真真切切,他想起来了,就在刚刚的晚间新闻里,播放了今天傍晚时的一起车祸:一个乡村教师带着三十多个学生在马路边等车时突遇车祸。一辆大货车失控,冲向站台……在生死存亡的时刻,那个教师挺身而出,把学生推到生的世界,而自己却倒在车轮底下。

这时,那个胖男人问:"张老师怎样了?"

高个小伙子说:"我们刚赶到。没见着!医生说在抢救,不让看。只是听说,人不行了,这才赶着给张老师买套衣服,表表心意!"

胖男人说:"我们也是。我们两口子刚从广州回来,听孩子一说,就开着车来了。医生说,虽然尽力抢救,可张老师也就一小时了。"

这时,店外传来一阵声嘶力竭的哭嚎声。众人循声一看,原来是最早来的那个女人。只见她跪在雪地上,边哭边嚎:"健强啊健强,你死得不屈。有这么多人惦记着你呢啊。"

健强?胖男人拉住黄脸男人,问:"她是?"

黄脸男人说:"她是我妹妹,是张健强的老婆!"

啊!所有的人全跑了出去,在那女人身边跪下了。

雪还在下。人们陪着张健强的老婆跪在雪地里。

一个人默默地走到那女人身边,将一套寿衣递给她。女人抬头一看,愣了,说:"老板,我们钱不够呀。"

吴超摇摇头,说:"钱,我一分也不要!这衣服是我自己用的,是我准备'上路'时穿的。今儿给你家老公穿吧!"

"这,这更使不得!我们承受不起!"

"见外了!"吴超说,"你家先生连命都舍了,我连套衣服都舍不得吗?"

黑脸男人说:"老板……"

吴超摆摆手:"什么也别说了,快回去给张老师穿上吧。让他活着时穿上!让他体体面面地上路!这是整套的13件,从上到下,从里到外,有单有夹有棉,让张老师穿得暖暖乎乎地,到了那边别冻着。"

"那你呢?"

"我?嗨,我一个开寿衣店的,能没衣服吗。等我到了那一天,随便有件就行了。到了那边,我还找张老师聊聊呢,我就说啊,你这身行头还是我的呢。"

那女人听了,忙趴下给吴超磕头。吴超忙拦,说:"这可使不得,折我寿呀!"

风雨桥洞夜

最关键的证人

再有一个星期就要做新娘的芊芊做梦也不会想到,那个下午对她来说是一场永远摆脱不了的噩梦。

那天,芊芊请假提前下了班,匆匆地赶到新皇商场买了早就看好的大红色的婚礼服,然后喜滋滋地打了车去大友家。她要把这件最珍贵的衣服提前穿给大友欣赏。

但是,芊芊刚刚走进客厅就感到了不对头。屋里像是遭遇到了地震,一片狼藉。芊芊大声喊大友,可是没有回音。二人说好了的,大友在家等她呀。怎么回事儿?芊芊像疯了似的冲进卧室。她看到大友斜歪在床边,已经没有了气息。天!芊芊脑袋一片空白,一下子晕倒了。

警察很快介入。这是一起很明显的入室盗窃案,现金存折等全都失窃。而大友是在案发时死去的。这成了公安局督办的重案。没用两天,刑警就将盗贼拿下了。这是三个刚刚二十出头的年轻人。因为到了年关,他们要回家过年,为了多捞点钱，就采取了盗窃这种办法。

如果仅仅是入室盗窃，那么只要根据失窃的物品价值就可以结案了。但是大友死了，有了命案，这个案件升格了。可是，在审讯中，这三个盗贼一口咬定他们没有杀人，他们只是在捞到了东西后才发现屋里有人，就匆匆跑了。

三个嫌疑人说的是实话吗？大友究竟是怎么死的？这关系到三个盗贼所负刑事责任的轻重。如果是入室杀人抢劫，那他们就可能面临着死刑。如果大友的死和他们没有关系，那他们只会被判几年的徒刑。

三个嫌疑犯的父母都从外地赶了来，在芊芊面前全跪下了，求芊芊高抬贵手，放他们的孩子一马。芊芊冷冷一笑，说，让我放他们，法律是儿戏吗？再说了，谁赔我的丈夫？那些人异口同声地说，他们的孩子原本都是很本分的，平时连只鸡都不敢杀，怎么会杀人呢？芊芊也不跟他们费口舌，说法官看的是证据。大友身体倍儿棒，一点毛病也没有，连伤风感冒都不得的，怎么一下子就死掉了？不是你们的儿子杀的，难道是我？

检察官就做芊芊的工作，说为了慎重，寻求最直观的证据，应该对大友进行尸检。这样，大友是死于什么原因就清楚了。什么，尸检？芊芊头摇得像拨浪鼓，说大友死的够惨的了，我怎么还能让他在死后再挨一刀。不不不！绝对不行！说到这儿，芊芊情不自禁地痛哭起来。是呀，她和大友谈了八年恋爱了，多少次，大友想和她亲热亲热。可是都被芊芊推开了，她说，那个最美好的时刻，应该留在结婚那天的洞房之夜。大友就次次依从了她，并深情地对她说："那你，一定要给我生下一对龙凤胎啊！"芊芊就刮大友的鼻子，说："一定的！"

现在，别说龙凤胎了，连个呆傻的孩子也生不出来了呀。而大友是祖上三代单传。他"走"了，也就意味着他家的"香火"断了。他在外地的父母还不知道这个噩耗，但是纸终究包不住火呀。怎么办？怎么办？

从检察院出来，芊芊信步走进一家咖啡厅，拣了个独座儿，要了杯苦咖啡，慢慢地口味着其中的苦味儿。她真想痛痛快快地大哭一场。她需要慰藉。

突然，芊芊感到一个人坐到了她对面的座位上。她抬眼一扫，愣了。这人不是别人，而是她的大学同窗刘明久，一个死死缠着她，追求她的人。芊芊不止一次地坚决明确地告诉他："别癞蛤蟆总惦记天鹅了，我和大友已经谈婚论嫁了。"可是这个刘明久却说："在你和大友正式结婚之前，我都有权力追求你！"

在这个时候遇到刘明久，真是倒胃口。芊芊"呼"地站起来，可是刘明久却把她拦下了，说："我们终归是大学四年吧，我就那么招你讨厌吗？"

"有话快说！有屁快放！"

刘明久微微一笑，说："我已经听说了大友的事儿。没准儿，我能帮助你！"

"你……"芊芊细细地打量刘明久。突然，她想起了，刘明久的老家就是那三个杀人犯的家乡。天呀，莫不是他们是同伙？这一幕血腥的场面就是刘明久的总导演？人心不可测呀！芊芊这么一想，不由打了个冷战。为了稳住他，芊芊挤出一丝丝笑，说："我倒想听听你怎么帮助我。"

"据我的分析，那三个盗窃犯并没有杀害大友。他们只是一般的入室盗窃。"

"你又不是政法系统的人，也没有学过法律，怎么能得出这样的结论？"

"我可以把这场案件最关键的证人请出来！"

"什么，证人？"当然，如果有了强有力的证人，一切都会迎刃而解，芊芊点点头："你开个价吧！"

"分文不取！"刘明久向前探了探身，说，"只有一个条件。"

"说！"

"案件了结之后，答应嫁给我！"

"无耻！卑鄙无耻！"芊芊气愤地甩开刘明久就走。刘明久追着她说："你怎么这样？听我说完嘛！"

芊芊瞪着他，一字一字地说："你给我滚！"

芊芊没有回家。冷静下来后，直接找到了检察官。她说出了自己的疑问。那就是刘明久会不会是这起案件的幕后策划者。

第二天，检察官约见了芊芊，告诉她。他们调查了。刘明久和这起案件没有任何关联。他只是一家科研所的负责人，正在进行一项很特别的研究。芊芊对刘明久的研究没兴趣。她问大友的冤屈何时能伸？检察官说："现在掌握的证据，还不能证明大友的死是这三个嫌疑犯造成的，因为大友的体表没有伤痕。"芊芊说，那他们是把大友捂死的呢。说到这儿时，她真不敢想象当时的情景。

检察官摇摇头说，也不像。除非进行解剖尸检。

"不！不行！我宁愿这样，也不能让大友挨刀子！"

夜晚，芊芊怎么也睡不着。这时，电话响了，芊芊吓得一激灵，她接起来一听，竟是大友的母亲。芊芊傻了，不知说什么好。那边，大友的母亲竟埋怨起来："你们要办婚礼了，怎么连我们也不告诉？"

"我们，婚礼，什么时候？"

"不是已经定在下个月12号了吗？我打电话找大友，他怎么连电话也不接。他是不是在你这儿？"

"没没没。大、大友，他、他出差了。"

"他的手机也关了。你告诉他，他要是娶了媳妇儿不认娘，我们饶不了他！"

"妈，是谁告诉您老这个信儿的？"

"你们的同学刘什么久。"

啊，又是他！放下电话，芊芊怒火中烧。刘明久，你个王八蛋，你要干什么？你唯恐天下不乱吗？

说曹操，曹操到。刘明久也不知怎么探听到芊芊的电话，大友母亲的电话刚刚收线，刘明久的电话来了。芊芊这个火呀，她破口大骂。但是，刘明久却不急不恼，等芊芊发完了火，才一二三四传他的"经"。最后说："芊芊，真得感谢你没有让检察官对大友进行尸检呀。"

第二天早上醒来，芊芊头痛欲裂。她还对昨晚的事儿将信将疑，她查看了来电显示，没错，是接了大友母亲和刘明久的电话。可是，遇到鬼了吗？

大友遇难一案早在报纸上登出来过。广大读者都想看看最后的结果。12号开庭这天，旁听席上坐得满满的。

法官讯问嫌疑人，是不是在大友发现他们后，对大友进行了杀害。三人都矢口否认。公诉人反驳，说何以证明大友的死和他们没有关系。被告的律师微微一笑，说："我提请准许本案的关键证人出场！"

在得到法官同意后，旁门开了，一个证人缓缓地走入法庭。人们"呼"地全站了起来，芊芊呢，也愣了。她怎么也不会相信这是发生在自己身边的事儿，因为，这个证人不是别人，竟是大友！大友穿着一身得体的西服，一步步走向证人席。

难道大友没死？

大友已经看到了芊芊，对她深情地一笑，还和她来了个飞吻。

这时，又有一个人进入法庭，他是刘明久。

刘明久对全场鞠了一躬，说："我是人体能量研究所的所长刘明久。对不起，在事先没有通报的情况下，今天的审讯中，法庭同意采用我们刚刚研发出来的最新技术，即人体36小时复原术。就是人在自然状态情况下死亡后，只要没有损伤重要器官，我们就可以采用注射特殊药物，调动他体内还没有散尽的能量，让他再在人世上重新生活最多36个小时。我想，这对这起案件会有帮助的，特别是对两个恋爱八年的人，他们可以在允许的时间内，举办婚礼，诞生他们爱情的结晶！"

哗，全场轰动了。

大友对法官款款道来："谢谢我的同学刘明久，让我

风雨桥洞夜

这个已经告别人世的人又回到了人间。虽然只是短短的一天多，我已经足矣。我还能回忆起事发那天的情景。那天夜里，我突然感到心痛，我因为平时身体很好，从来不备药物。我想打电话求救，可是已经力不从心了。我在一阵急剧的心痛后就失去了知觉。以后发生了什么事我全不知道了。所以，我可以负责任地说，盗窃嫌疑人没有对我进行伤害。"

一切真相大白。三个入室盗窃犯只是盗窃。当然，他们受到了法律的公正处罚。而芊芊在第二天，也就是12号如愿和心爱八年的大友举办了隆重的婚礼。

时间就是金钱。这对芊芊和大友来说，真是千真万确。而且，喜事接着就是丧事，也可谓是千古奇观。大友对此已经超然了，芊芊虽然知道属于他们的时间是短而又短，可是她总是微笑着，她要以最美好的精神面貌展现给亲爱的人。

在婚礼结束，一对新人即将入洞房之际，大友对刘明久说："老同学，什么我也不多说了。明天起，替我好好照顾芊芊。我知道你爱她！"

刘明久眼含热泪，激动地说："大友，没想到我的科研成果竟用到了你身上。不过，这也好。总算咱们同学一场，算是我送给你的礼物吧！你放心，我会好好关照芊芊的，但我不会和她再结婚了，她应该永远属于你！"

芊芊真诚地对刘明久说："谢谢你，真的谢谢你！让我了了一桩心愿。别介意我对你的粗暴。"

三人大笑！

社会万花筒之中国好故事系列丛书

"霸王餐"

"点点利"餐厅开张没几个月,就遇上了好几起闹事儿吃"霸王餐"的人。这些人不是在吃饭时吃出了苍蝇,就是吃出了石头,然后就把老板张大明叫来,问他怎么办?张大明赔着笑脸,好话说尽,可最终不仅得将饭钱免了,还得掏出一二百块钱赔偿他们的精神损害和看病的费用才行。不仅如此,还有人动不动就给工商局、防疫站、税务局写信,告他的餐厅卫生不合格,偷税漏税,害得有关部门三天两头地查他。张大明就弄不明白,自己在什么地方得罪了什么人。张大明没办法,只好把这事向派出所报了案。

这天,是个周末,"点点利"的生意正红火的时候,打门外进来三个人,张大明一看,心就紧了,为什么,这里面就有上次来吃"霸王餐"的主儿。他就向后厨特意打招呼,一定要十二万分地小心。

那三个人点了菜,喝上酒,就天南海北地聊起来,而张

风雨桥洞夜

大明呢,远远地盯着他们,眼睛都不敢眨。可就这,还是出事儿了,当他们的饭快吃完了时,就听到其中的一个人高声大喊起来:"老板!老板呢?"

张大明忙跑过去,笑着问:"怎么啦?"

"你瞧瞧!"一个中年男子指着菜说,"这里面是什么?"

张大明一看,天,菜里有一个小小的蟑螂。他的第一反应就是:这分明是你们自己带来的,可你们怎么在我的眼皮子底下放进去的呢?但是他没说什么,只说:"我去问问!"说着,张大明转身去了后面,但是他没有去问厨师,因为不用问也不会是后厨的差错,这分明是这伙人在菜里做了手脚。于是张大明一个电话打到了派出所。不一会儿,片警儿小李子过来了。

这事闹大了。小李子先是将那三个人带到餐厅后面,让他们出示身份证明。三人不慌不忙地将工作证递给小李子,他一看,这仨人都是省政府某机关的公务员。为首的那个男子叫年四久,还是个处长。小李子就感到困惑了,他看看张大明,张大明也愣了。是啊,人家是国家公务员,能平白无故地到你这儿胡闹来吗?年四久这时发话了:"警察同志,还有什么要审查的吗?"

小李子摇摇头。

年四久转向张大明,问:"这事儿你说怎么办?好吗,你真能,我们正常消费还招来了警察。"

张大明张着大嘴,什么也说不出来,没辙,只好打碎了牙咽进肚子里，他乖乖地免了人家的饭钱，还赔了二百块钱才算完事儿。

年四久等人吃好了喝好了，从"点点利"出来，刚要坐车回家，突然被一个人叫住了，一看，原来是警察小李子。小李子笑着问："诸位，你们都是国家公务人员，为什么……"

他的话还没有说完，就炸了庙，三人中的一人说："你的意思，是我们无理取闹？"

小李子忙说："不是不是！"

这时，年四久走上前，拍拍小李子的肩头，说："小同志，如果你有兴趣，明天和我去郊外走一趟，如何？"

第二天，小李子准时来到等候的地点，骑着自行车跟年四久去了郊外。去干什么？年四久不说，小李子也不好问。二人边骑边说着闲话，一个多小时到了一个叫五道河的村庄。在村外，年四久下了车，这才说："这村里有我们机关的一个扶贫对象。是个老太太，七十多了，吃了上顿没下顿。"

小李子心说：你叫我来就是让我知道你们的扶贫对象吗，你闷葫芦里卖的是什么药啊？

走到一处破旧不堪的房子后，年四久不走了，并示意小李子不要出声，这越发勾起他的好奇心。

大中午的，太阳晒的人懒洋洋的，小李子哈欠连天。正这时，年四久捅捅他，他一看，远处的小路上来了一辆三轮车，拉着满满的一车东西，走近了，就闻到了一股刺鼻的味道，这是泔水的味道。大概是村里的人去城里拉泔水喂猪吧。

风雨桥洞夜

小李子正琢磨这泔水、这村庄和年四久有什么关联时，他突然看到身旁的房门开了。从房里走出一个颤巍巍的老人，看那架势，二级风就能把她吹倒。小李子想，这就是年四久扶贫的那个老太太吧？这时，那辆泔水车也到了房前，老太太就走到泔水车前，把车拦住，然后伸手去泔水桶里捞东西，一捞就捞出了几个人们吃剩的馒头，然后转身回房里了。

小李子问："这老太太喂了几头猪？"

年四久摇摇头，说："就她这身板，还能喂猪？"

"那她拿馒头干什么？"

"吃！"

"谁吃？"

"她自己吃！"

小李子心里一个阵颤，感到一丝悲哀：怎么，喂猪的东西人来吃？他问年四久："她是五保户，没儿没女？"

年四久又是摇摇头，说："她有儿子，可不管她！"

"可恶，实在可恶！她儿子在哪儿？"

"在城里开了家饭馆，叫'点点利'！"

啊！小李子愣了，原来那张大明就是这老太太的儿子，真的是吗？他看看年四久，年四久的神情绝不是像开玩笑。经过年四久的述说，小李子才知道，年四久他们是通过一个极偶然的机会，得知这老太太的儿子，就是城里火爆十分的"点点利"老板张大明，而张大明对他的老娘十分不孝，不是打就是骂的，在生活上更是不管不问。开始，年四久通过乡里做张大明的工作，要张大明对老娘负起责来，可是张大明张嘴就是一肚子的苦水，说自己忙，没时间，说自己挣不到钱，还欠账等等。也是被逼无奈，年四久才琢磨出了吃"霸王餐"的办法，让张大明不情愿也得吐出血，再拿这钱给他的老娘。当然，就是张大明免单的饭钱他们也如数地交给了张大明的老娘。

小李子听了后，在心寒的同时就想笑，对年四久说："亏得你们还是国家公务员，竟憋出这么个馊主意。"

"没辙，这也叫对恶人只能用恶办法吧。"

二人说着走进了老太太的房子。老太太一见是年四久，就热情得不得了。小李子看了看这破旧的房子，除了一张床，一个破柜子外没有什么家具了。年四久把三百多块钱递给老太太，问："你儿子回来过吗？"

老太太摇摇头，说："他忙！顾不上呀。"

"他有多长时间没回家了？"

老太太认真地想了想，说："才两年吧。"

"你有个头痛脑热的病怎么办呀？"

"唉，惯了。我能抗！"

小李子接上话茬儿，说："大娘，您老别舍不得花。该吃好点就吃好点，该买衣服就买衣服，啊！"

老太太满脸堆着幸福的笑，那笑仿佛一动就能流下泪来。她咧开没牙的嘴，说："我够吃不饿着就行了，大明还有难处，我得给他攒着点啊！"

小李子和年四久互相望望，谁也说不出话来，空气凝固了。

　　回城的路上，年四久对小李子说："我得向工商部门建个议，对那些没有孝心的人，绝不能发给他们营业执照。"

　　小李子苦笑笑，说："可惜法律上没有这条啊！"

　　年四久也感到了一丝的无奈，他不知，这"霸王餐"还该不该继续吃下去，即便费尽周折从张大明的手上拿到了钱，最终还是回到了他张大明的手里。唉，可怜天下父母心啊！

社会万花筒之中国好故事系列丛书

吃辣赚美眉

　　江州盛产辣椒。江州多出美女。这年的三伏第一天,在江州最繁华的玉林广场上,出现了一幕足以载入江州史册的大事。

　　广场上搭起了座高台子,台子上悬挂了一条红布横幅,上书五个大字:吃辣擂台赛。

　　主持人笑着走上台,提高八度嗓音说:"我们从今天开始举行一个公益性质的吃辣椒擂台赛,凡要参加者,要交50块钱的参与费。"台下一听,"哄"地乱了。

　　主持人不慌,他挥挥手,示意大家静下来,又说:"这些钱我们是做公益事业的,将捐助家庭困难又危重的病人。另外,最最重要的是,凡是获得冠军的人,将能同时收获金钱和美女。"

　　随着主持人的话音,一个年约二十五六的美女款款从台后走出。观众立刻发出一片"哇"的惊叹声。天,这美眉真

风雨桥洞夜

真是太靓了。她有一米七的个头,身材不胖不瘦,修长的大腿,白白的肤色,漂亮的脸蛋,披肩的长发,一笑就露出两个动人的酒窝。

台下有人就迫不及待地往上爬,边爬边喊:"我参加!"

主持人摇摇头,说:"大家等我说完了好不好?这位美女是咱们江州人,可她早就出国了,现在是一位有亿万财产的房地产商人。她虽然已经入了外国籍,可是她的心还在中国,还在江州。她最喜爱的就是吃江州的辣椒,所以,她这次用一种特殊的方式回国征婚,就是谁能在规定的时间内吃完她特别做出的辣椒,谁就能携得美女归,而她的陪嫁品是一百万美元!"

这下子,乱了营了,几十个人争先恐后地往台上涌。主持人不得不喊:"排一下队!排一下队!另外,我还要说的是,参加的人必须是没有妻室的男性。比赛规则是……"

可这个时候,谁还顾得上呀。人人都想一下子能美女金钱立时拿到手。

在保安人员的努力下,好不容易才使擂台安静下来。主持人让人在台上的桌子上放了一个碗,然后对第一个参赛者说:"打擂的规则是这样的:你要在5分钟之内,吃完这碗里由美女亲手配制的辣椒酱,并要在吃的过程中喝完两杯热开水,随后能口齿利落地和美女说话就算胜利!"

啊,这么简单?要知道,江州盛产辣椒,江州人从小就爱吃辣椒,这真是在鲁班爷面前卖斧头呀。那青年就露出得意的笑容,仿佛听到美妙的福音在空中响起。

207

美女笑盈盈地走上前，对着参赛者微微一笑，这一笑，就笑得那青年男子骨头都酥了，恨不能一口气就解决问题，当天夜里就入洞房，而后面的人则一个个铁青着脸，恨不能将第一个参赛者生生地吞下肚子里去。

美女往碗中倒了满满的辣椒酱，然后后退一步，指指那青年。那意思是"请……！"

那青年扬了扬脑袋，对台下的观众一抱拳，然后端起碗，抄起勺子，就舀了冒尖的一大勺子辣椒，撇嘴一笑，就将那辣椒酱送入口中，但是。几乎是同时，就听得那青年一声大叫："妈呀！"随后"哇"地将嘴中的辣椒全吐了出来。

这下子，台下的观众傻了眼，天，这辣椒有这么辣？可随即又爆发出一阵哄笑，有人还吹起了口哨。

后面参赛的人乐了，哈哈，轮到我了！于是，第二个青年上场了，但是结局仍是惨败。第三个，第四个，第五个，一大队"后补队员"前赴后继，但没有一个人能胜出。最好的也就是能勉强吃下一小半辣椒酱，但只要一喝那热开水，就喷射出来。

当天晚上，江州晚报、江州电视新闻里就有了报道。第二天，擂台赛继续进行，引来了更多的参赛者。人人都不服输，可是人人都输得一塌糊涂。

从第三天起。连江州以外的人都赶来了，纷纷要一睹美女的容貌，要试一试自己吃辣椒的能力。

这天临收场时，有一位胡子都白了的老人上了场，观众一看,都笑了。主持人上前说:"老大爷,您要干什么?"

老人一瞪眼睛,说:"干什么?你不是问的废话吗!吃辣椒!"

"我们的参赛者可都是未婚的呀。"

"我昨天刚刚离婚了,行吗?"

台下观众立时发出大笑,传出阵阵叫好声。有人认出这老人了,他就是去年在省城参加吃辣椒大赛的绝对冠军,曾一口气吃下一公斤朝天椒的,末了还问电视台主持人,还吃不吃了。

有人高声喊出了那老人的名字:"刘凤玉老爹,好样的!打败她!"

台下就发出"呱呱呱,呱呱呱"的掌声。

美女皱皱眉头,但还是不动声色地为他斟满辣椒酱。刘凤玉也不多说什么,端起碗,看了看,然后也不用勺子,直接用嘴凑到碗边吃,他吃一口喝一口开水。他每吃一口,台下就爆发出一片叫好声。再看那美女,就有点站不稳了,不时地抬手看表。

那刘凤玉老爹呢,越吃速度越慢,渐渐地竟打起嗝来。台下的观众急了,高声喊:"刘老爹,坚持!刘老爹,坚持!"

可是这刘老爹真是不争气,他竟蹲下身子,捂着肚子,对主持人摆摆手,那意思是服输了。

一连三七二十一天,擂台天天摆,天天有上百人上台挑战,可没有一个能胜出,最好的成绩是吃了一多半辣椒酱,可是嘴张不开了。

这一天，太阳特别毒，但是擂台赛仍在进行。人们的热情不减，参加打擂的人也不见少，有人还是"梅开二度"，在家中"修炼"了以后重新出山的。

下午四点多时，有一位戴眼镜的中年男子走上台来。他开口就问："如果我赢了，你们能兑现？"

主持人一愣，随即"哈哈"大笑，往台下一指，说："这么多证人，我们还能不作数？"

"我还有个要求，我如果吃完了，那这位美眉也得吃同样的一碗！"

主持人看看美女，美女红了脸，但是她略微思索了一下，点了头。主持人于是高声地说："当然要吃。打擂嘛，自然打擂的人要技高三分喽！"

中年人点点头，说："那好，开始吧！"于是美女走上前，为他送上一碗辣椒酱。那中年男子也不说话，仰起脖，一二三四，就吃下去半碗，然后对台下挤挤眼，喝下一碗开水，接着又是五六七八，一眨眼的工夫，他已经将满满一碗辣椒酱吞下了肚子里。他又把那碗开水灌进去，然后用手做了个"请"的动作，说道："我已经现丑完了。该美女了！"

台下的观众这时才反应过来，掀起了如雷鸣般的掌声。

再看那美女，此时的脸竟变得煞白煞白，不知所以了。那主持人也摇摇晃晃，不知说什么好了。中年男子一把将放在一边盛辣椒酱的罐子拎起，往碗里倒了大半碗，对美女说:"请吧!"

那美女一个劲地往后退,边退边摆手:"不不不!"

那主持人看看没人注意,竟想三十六计"走为上"了,可他刚刚一挪步,就被中年男子一把薅住。这时,有十几个警察走上台来,将主持人和美女控制住了。

中年男子走上前一步,大声地说:"父老乡亲们,这是一场骗局!这两个骗子在辣椒中掺进了强酸,谁也不可能顺利地吃下去的。而他们将骗来的钱都挥霍了,根本没有做什么慈善事业。"

台下乱了,有人喊声:"骗子,打这两个骗子!"有人不解,问:"你怎么吃了没事呀?"

中年男子笑笑说:"我是生物学和医学博士,我发现了她们的问题后,反复琢磨,找到了根源。于是,我在吃她们的辣椒酱之前,吃了我们研制出来的生物保护膜,即将自己的食道、胃等器官进行了事先保护。所以没有事的。"

一个警察走上前,说:"希望大家从这件事中吸取教训,不要盲目听从,不要盲目跟从。记住一句老话,天上不会掉馅饼的!"

后来怎么样了,你去看"江州晚报"吧!

豆包有时也顶饿

白明志是一家建筑公司的总经理，也是千里挑一的大能人。在向山市，没有他摆不平的事儿。

这天，白明志正在公司开会研究一个重大项目招标书，突然，他的手机振动了。低头一看，是他老婆丽珍打来的。他皱皱眉，没接，可丽珍不屈不挠，一个劲儿地打。白明志立刻明白：一定是有重大事情，否则，丽珍不会这样。刚刚一接，丽珍就带着哭腔说："我爸，脑出血了，你快想办法！"

白明志一时没有反应过来：我想办法？我能有什么办法？我又不是医生。待丽珍一说，他才知道，原来老丈人现在市中心医院抢救，可是却住不进院，因为，没有空余病房。

白明志随口说："行，我给黄院长打个电话，保证立马解决。"

风雨桥洞夜

　　白明志于是给中心医院的黄院长撂过去一个电话，说自己的老丈人在你们医院抢救，可是却没有病房。黄院长听了，忙说："我马上安排，让老爷子安心养病！"

　　白明志笑了，心说：区区小事，看把丽珍急的，唉，女人呀，就是女人，搁不住事的。

　　但是，20分钟后，丽珍的催命电话又打来了。她哭着说："你那个什么破院长呀。他发了话，可顶个屁用，我爸还在走廊里冻着呢。你倒是拿出点真格的本事呀。"

　　白明志摇摇头，不相信。于是又给黄院长打电话。可是怎么打，那黄院长就是不接。白明志的火"噌"地窜起，骂道："妈的，玩失踪啊！"他连招标会也顾不上了，开上车直奔中心医院。路上，他反复琢磨：这黄院长为什么没能安排呢，难道他想趁火打劫，捞一把？可能！有可能！这年头，没有永远的朋友，只有永远的利益。我交的这些朋友，哪一个没有大钱能够长久维持的住？罢罢罢，我认栽，今天，点给他姓黄的一个数。不，两个数！我就不信，有钱鬼会不推磨。

　　到了医院，白明志连电梯都等不及，"噔噔噔噔"一口气跑上三楼。可是，黄院长不在。他气得就把门拍的"砰砰"地响，震得整个楼层都回音缭绕。这下子，终于有了结果。一个人从隔壁屋探出脑袋，说："你是找黄院长？他去抢救室了！"

　　咦，行，会给我演戏了，还去抢救室了。白明志哭笑不得，只能急急地赶去抢救室。到那儿一看，果不其然，黄院长在那儿正指挥医生给他老丈人治疗呢。

黄院长抬头看到了白明志，一脸的尴尬，说："白总，真的没有空房了。一旦有，我立即给你！"

白明志像是没有听到，把黄院长拉出抢救室，"刷"地掏出二万块钱，"噌"地塞进黄院长的怀里，然后一字一字地命令道："你给我立即安排！让我高兴了，我还会加码！"

但是没有想到，黄院长竟把那钱"呼"地抽出，边往白明志手上塞边说："白总，你误会了。我们医院现在真是半个空床位也没有了。要不，让老爷子先凑合到我的办公室住着？"

白明志就定定地看着黄院长，看他是真是假。黄院长急得都快要哭了。白明志问："如果市长病了，你也没床？"

"没有，枪毙了我也没有。"

"你骗鬼哟！"

"白总，我说的句句是真。咱俩交到这个份儿上，我至于有床不给你吗？"

看着黄院长青筋都快爆裂的表白样子，白明志有点相信了。可是，当务之急是让老丈人住院治疗呀。他就感到茫然：我白明志什么时候有办不成的事儿呀。

丽珍看到住院无望，就急着要转院。黄院长说："我刚才已经联系了好几家医院，都没有。这个时段，是高发病期，哪个医院都紧张。"

白明志直盯着黄院长，问："那，你说怎么办？"

黄院长语塞了。

这时，电话又响了，白明志一接，是手下向他汇报请示，问他招标工作如何进行。白明志被住院问题搞得焦头烂额，不由火气上升，提高了八度嚷道："招标招标，老子现在就在招标现场！"

白明志的高音大嗓引起人们的注意。有一个人凑到他面前，看了看他，说："咦，这不是白总吗？"

白明志定睛一看，不禁感到一阵恶心。因为，他看到了一个极不愿意看到的人。这个男人四十岁左右，不高不矮不胖不瘦，穿着一件蓝色的工作服。工作服上有不少的油渍。白明志为什么对这个人感到恶心呢。因为，这个男人曾是他的手下。

这男人叫李强，是个技艺很精湛的工人，无论是泥、瓦、木、电焊、管道等，样样都能干，而且都比别人强出许多。可是，这也是个头长反骨的人，总是时时处处与公司过不去。最让白明志难忘的是三年前，李强带着几百工人把白明志堵在办公室，一定要他立即兑现拖欠工人的工资。李强还一个电话把新闻媒体请了来。结果可想而知。白明志不仅一分不少地将工资付给了工人，还被曝了光罚了款做了检查。名声扫地，弄得他近一年接不到任何活儿。当然，白明志给李强的"待遇"也不客气，是辞退。

李强离开公司的时候，专门找到白明志，冷冷地说："你记住，你总认为钱能通神，可是，钱不是万能的。你什么都可以缺，但不能缺德！"

现在，冤家路窄。白明志不想与这个李强纠缠。他现在最最要紧的是怎么把老丈人塞进医院，哪怕是二甲医院也行。于是，他翻开电话，要从中找到其他医院院长。

丽珍在旁边数落他："你就非在一棵树上吊死吗？"

"我这不是在想其他法子吗？"

"除了黄院长，这医院就没有其他人了？比如管病床的。"

丽珍的话让白明志灵机一动，是呀，黄院长高高在上，虽然能一言九鼎，可是有时是灯下黑呀。自己有时不就是在招标工作中，不只认准一个道道仅仅找一把手，而是把目光盯在具体工作人员身上，而往往效果出其得好。

白明志转身出了抢救室，他找到护士长，直截了当地提出要求。护士长耸耸肩，表示爱莫能助。白明志拿出钱，他一直认为这是硬通货，有了钱，许多不可能的事儿都变成可能了。可是，护士长摇摇头，说："我和住院部的人不熟悉。但是，但是，有个人能帮助你。"

"啊。谁？"

"李师父！"

"哪个李师父？"

"就是我们院后勤的李强。"

什么什么，李强？白明志的脑袋"嗡"地大了。这个被他开除的人真的比院长还能还牛？不。不不不。他看看护士长，突然意识到，这是一个阴谋，是李强串通了护士长，要在今天故意出出他的洋相，是要看他被捉弄的场面。

风雨桥洞夜

白明志扭头就走。他现在有了办法,丽珍不是说了不要在一棵树上吊死吗,对,向山市的医院没床位,我们去其他的市,不行的话,去上海,去北京!

白明志为自己的"开窍儿"乐得差点蹦起来。谁知刚刚一拐弯,"砰"地和一个人结结实实地撞在了一起,撞得他眼冒金星,头"嗡嗡"地响。

白明志一听一看,哎,真是大水冲了龙王庙,与他相撞的竟是丽珍。

"快,丽珍,咱们走!去别的医院,去外地医院!"

丽珍头一扬,说:"不用了,我爸住进去了。"

"什么?住进去了?谁给办的?"

"就是那个什么李强。"

"他?"

白明志对瞬间发生的事儿感到不可思议。他甚至觉得自己是不是在做梦。但当他随着丽珍来到病房,看到老丈人真的躺在病床上时,他才明白不是在做梦。

但是,白明志不解,连黄院长都办不成的事儿,怎么一个后勤普通工人竟不费吹灰之力就解决了。跟进来的护士长笑着说:"怎么样,我说李师父能行吧。"

"他,为什么?"

"哎哟,在我们院,谁没得到过李师父的济呀?不管谁家的下水道、马桶、厨房甚至化粪池,堵了也好,坏了也好,只要一声招呼,李师父立马就到,三下五除二,解决了。水不喝你一口,烟不吸你一支,钱更是莫提。最让人感动的,是李师父前年冒死救了我们张医生差点被淹死的孩子……"

"那为什么院长拿不到床位?"

"院长?院长要安排的尽是关系户,又没有什么大病,多了,谁拿他的话当事儿啊!"

原来如此!

可是,可是,这李强又为什么要帮助我白明志呢?他真的高风亮节不计前嫌?我不信。

丽珍一语道出真相:"是我爸积了德呀。那年,咱家卫生间漏水,你让李强去修。我爸对李强特别的好,临走时特意送了一副手套给他,说天冷,要保护好手。就这点小事儿,人家李强一直记着。刚才看到是我爸,李强二话没说,一个电话,住院部就接了。"

天,原来如此!

白明志想当面谢谢李强。可是李强没有给他这个机会,而是又忙他的工作去了。

但是这事儿,白明志不会忘记。小人物,有时也能成大事呀,关键时,豆包也能顶饿。真的。

风雨桥洞夜

会变的血型

齐玉春是家中的独生子,上有三个姐姐,他是独苗一根儿。人都说独生子娇生惯养,但是齐玉春却没有养成什么坏毛病。他的心眼还特好,遇到什么事儿,总是冲在前,好帮助人。

但是齐玉春却总是遇上倒霉的事儿,小时候被开水烫得差点没了命。虽说命保住了,可是那张脸却落下了满脸的疤痕,让人一看,就吓得够呛,使得他都小三十了,愣是没有一个姑娘看上他。

屋漏偏遇连阴雨。这天齐玉春在路上被汽车撞了,肋骨折了三根,左大腿骨折,得立即动手术。动手术得备血呀,医生一查他的血型,愣了,怎么呢?他的血型不固定,一会儿是A,一会儿是B,有时还是AB。他的大姐不信,说医生,我弟弟从来就是O型血,怎么会成了A、B、AB呢?医生也感到奇怪,就又抽血,正定、反定地来回化验。可齐玉春的血就是不固定。血型不固定就不能动手术呀。时间一分一秒地过去了，齐玉春的生命越来越危险了。医生急，家里人急。外科主任、血液科主任，甚至请来了外院的专家一起会诊。但是谁也没见过这种奇特的血型。

不动手术，齐玉春说死就能死，动手术，输什么型的血？血型不对，就会产生溶血，溶血的后果也是死亡。

就在齐玉春生命万分危急的时刻，有个二十多岁的姑娘找到了院长，说抽我的血吧，我的血能派上用场，能救齐玉春的命。院长问你是齐玉春的什么人。姑娘说他救过我的命，是我的恩人。

时间已经容不得院长多问了，就马上化验姑娘的血，嘿，真邪了，这姑娘的血型竟和齐玉春的一样，能随时变化。一会儿是A，一会儿是B，一会儿又成了AB。但是院长还是不敢轻易给齐玉春输血呀，万一……齐玉春的大姐急了，说我签字，再不动手术，我弟弟就没命了。

也是没辙。院长下了命令，动！

结果呢，齐玉春抢救过来了。

齐玉春的麻药劲儿过去后，医生问他怎么会是这种血型。齐玉春摇摇头说，我也不知道呀。我的血型一直是O型呀。这时，那个给齐玉春输血的姑娘又来了，齐玉春的大姐就对她表示感谢。那姑娘笑笑，说："去年要不是齐大哥出手相救，我就没命了。"一细问才知道，去年齐玉春在游黄山时，遇到了这个姑娘跌下了山，也是骨折。当时姑娘急需求助，可是旁边观看的人多，出手相助却没几个。齐玉春自告奋勇，把姑娘背下了山，背到了医院，十里山路，其难度可想。到了医院后,医生说要对姑娘立即输血。齐玉春说输我的吧,我是O型,万能输血者。于是,他为这素不相识的姑娘输了400CC血。这事,齐玉春根本没往心里放,输完血他就走了。没想到今天得到了回报。

一来二去地,姑娘和齐玉春越来越熟,姑娘说她叫黄丽,是个个体工商户,并主动说希望能和齐玉春结成百年之好。天呀,齐玉春没想到天上突然掉下个金元宝。他看看黄丽,要多俊有多俊。就不敢相信,说你图我什么?黄丽笑了,说图你的心好,心灵美呗。齐玉春的家人听说了这事,个个乐得合不上嘴,说玉春真是好人有好报,白白捞了个漂亮媳妇儿。齐玉春的家里人就问黄丽,你父母同意这门婚事吗?黄丽笑了,说:"我父母早就不在了,我的事我个人说了算。"

那家医院对齐玉春的血型感兴趣了,因为这是世界上发现的第一例会变的血型,就派人跟踪研究。结果发现,齐玉春是在为黄丽输血后改变血型的。他们就大感不解。

再说齐玉春和黄丽结婚后,别提多高兴了,而且怪的是,他那张疤痕遍布的脸不知什么时候开始一点点地自动地变平整了,变光泽了。

第二年,小两口添了个女儿。这女儿也是特殊的人才,三个月就会说话喊爸爸妈妈,半岁就能认字,一岁多就能对电脑运用自如,招惹得新闻媒体纷纷来采访。

但是,齐玉春多少次问黄丽的老家在哪儿,黄丽总是打岔打过去。这就让齐玉春心里有个疙瘩。

中秋节后的一天,黄丽几次欲言又止,齐玉春说你有什么事呀？黄丽说："我想回家了。"回家？你不是早没家了吗？我有家，只是太远了，没有告诉你。齐玉春乐了，说"你呀你，早说呀，行，赶明儿咱们带着孩子一起回家看姥姥去。"黄丽就戚戚地说："我的家不在地球上。"齐玉春说你真能胡诌，不在地球，难道跑到外星上了。黄丽吻了齐玉春一口，说："你真有才！我就是XXUOTL星球的人。"齐玉春说："你别是发烧了吧？"黄丽说："亲爱的，我说的全是真的。我来到地球上，就是为了考察你们地球人的生活。你们这个星球已经产生过三次人类，可是都因为自身的原因灭绝了。20年前，当然，我指的是你们地球人的时间，我们发现你们又出现了不好的端倪，即为了暂时的物质享受而不惜破坏地球的生态，人们的心中少了友谊而多了邪恶。长久下去，用不了多少年，大灾难又会重降人类……"

齐玉春像是在听天方夜谭。黄丽却一本正经，她说，她从齐玉春身上看到了希望，她要回去，将她的考察进行汇报了。

"不，我不让你走！"

黄丽说："你拦是拦不住的。我也可能很快就回来的。"

那天夜里，齐玉春家的楼前突然光芒四射，一个蓝色的飞行器降在了他们家的阳台上，黄丽深情地吻了齐玉春，吻了在睡梦中的女儿，匆匆钻入飞行器，只见蓝光一闪，那飞行器瞬间就消失了。

第二天，齐玉春很晚才醒来，他摸摸身边，黄丽不在了，他感到像是做了场梦。只是早间新闻播出了一条新闻：昨夜，有人观察到UFO飞临我市上空……

就开这一次口

傍晚时分,张老爹吃罢了饭,喂过了鸡,回到屋里,刚打开电视,就听到"砰"的一声,门被撞开,风风火火地闯进一个人来。谁这么冒失?张老爹张开了嘴巴就要骂人,可话没出口,愣住了。为什么?因为来人不是别人,而是张老爹的亲弟弟二宝。

自从十五年前分家,二宝搬到靠山屯后,这个弟弟从没有登过张老爹的屋门。今天,是哪阵风把他给吹来了呢?

张老爹定定地盯着二宝,足足看了他八八六十四秒。没错,是他,是二宝,虽然十五年没见,二宝的面貌变了不少,可亲弟弟是不会认错的。十五年前分家时,为了一口水缸,兄弟二人红了脸,十五年了,从没有来往。二人一时陷入尴尬之中。

还是二宝先开了口,叫了一声:"哥,还好吧!"

张老爹的老伴忙招呼:"呀,是大兄弟,快坐快坐呀！"说罢，就去烧水沏茶。

张老爹呢，一边看电视，一边用眼角的余光扫着二宝，心里在寻思：他到底找我有啥事？

二宝一会儿干咳一声，一会儿挠挠头，一会儿抠抠脚的，坐立不安。

还是张老爹打破了僵局，问："你，有事儿？"

二宝干笑了笑，说："也没啥大事儿。"

"没事儿，跑我这儿干啥子来了？"

二宝的脸就涨得通红通红，憋了半天，才吞吞吐吐地说："就是，就是庆奎上学遇上点麻烦，有点那个……"

张老爹愣了，皱起眉头，想来想去，想不出这庆奎是谁。于是自言自语："谁是庆奎？找我干啥？"

二宝一拍脑袋，"嗨"了一声，脸上堆上笑说："庆奎就是我家那狗子！"

"噢"张老爹看着二宝，问："有二十了？"

"整十九了，今年高考。刚考完。"

"那好！"说罢，空气仿佛又凝固了。

二宝"呼"地站起，又"通"地坐下，然后攥紧了拳头，攥得"喀巴喀巴"响，这才说："哥，我没法子了，求你……"

张老爹手一拦，问："要几千？"

二宝愣了："什么要几千？"

"不就是缺钱吗？"张老爹拍拍口袋，脸上堆起自豪的笑。今非昔比，他张老爹现在有钱了，说："现在上大学是往无底洞里扔钱，穷人家上不起的。你开个口，说个数！"

224

风雨桥洞夜

没想到,二宝竟"扑哧"乐了,说:"哥,不是借钱,是狗子没考上。"

张老爹迷惑了。没考上,没考上找我干啥?二宝说:"这不争气的狗子,就差三分!就差三分啊!可、可哥你知道我得多掏多少吗?五万!五万啊!"

五万!张老爹也愣了,摇摇头,说:"卖亲爹呢!"可是,他还是不明白二宝找他究竟要干啥。

二宝指指那34寸的大彩电,问:"这彩电是人家送的吧?"

张老爹点点头,问:"你怎么知道?"

二宝狡猾地一笑,说:"这事儿谁不知道啊?我今天找哥,就是为了她!就是送你彩电的那人。"

"为她?"张老爹更迷惑不解了,"她和我有啥不成?"

二宝撇撇嘴,说:"谁不知你是她的救命恩人呀。"

二宝的话勾起张老爹的回忆。那是三年前,一个细雨霏霏天的下午,张老爹正在屋内打盹,突然就听到屋外面"吱……"的一声响,那声音别提有多瘆人了。张老爹急急地跑出去,一看,天,在他家外面的山路边,一辆小汽车冲出了盘山道,右前轮子已经悬空了,车内的人大呼小叫地,纷纷要往外爬。

张老爹那时也不知哪里来的勇气,他大吼了一声:"都别动!"他知道,这个时候,如果车内一乱动,那车子就会一下子翻下深深的山涧。张老爹一边大叫着招呼人,其实也就是他的老伴,一边冲到了悬崖边。他看了看,悬崖外还有

225

一块立脚的地方,于是他一下子跳了下去,站在那只有尺把宽的悬崖边边上,用自己的肩膀死死地顶住倾斜的汽车,然后大声地叫:"都从那边轻轻地下车!"

惊慌失措的人们一个个从汽车的另一侧下了车,众人又一起发力,将汽车拉回到安全的地带。刚刚拉上汽车,张老爹脚下的岩石就松动了,他一个激灵,一发力"呼"地窜了上来,再回头一看,那岩石已经落下去了,好半天才传来"咚"的一声响。张老爹吓得脸都白了,心说天爷呐,我差点把老命搭上。

雨还在下,人们身上的衣服都湿了。张老爹把这一车五个人招呼到自己的屋里,拿出干的衣服给他们换上,又让老伴做了一顿山村的饭菜给他们吃了。五个人中,有一个是女的,姓刘。张老爹看出来,这女的是最大的官儿。

几个月后,有人给张老爹送来了这台大彩电,张老爹说死说活不要,可那送的人说:"这是他们头头儿的意思,是感谢他救命之恩的。你要是不要,我就得下岗。"张老爹这才收下。可现在狗子上不上学的怎么和这姓刘的又扯上了?

二宝一笑,说:"哥你不知道,你可是攀上高枝儿了。你知那女的是谁?她是省教育局局长。只要她一句话,狗子就能上学,而且一个子儿也不用多掏。"

张老爹就摇头,说你家狗子有本事就上大学,没本事就猫在山沟里,我这一辈子从没有低过头求过人。二宝一听急了,说哥,你是俩姑娘,都出嫁了。咱们张家只狗子这一棵独苗啊,你难道就眼看着老张家的后代没出息。

风雨桥洞夜

一句话勾起张老爹心底的丝丝亲情,是啊,在山村,男孩子就是香火,就是希望。可我一介山民,又能帮他什么呢?

看张老爹犹豫,二宝开开屋门,冲黑暗中高喊了一声:"过来!"立马就见黢黑夜色中窜出一条人影。那人三步并做二步进了屋,"通"地就跪在张老爹的面前。张老爹一看,是个高高大大的小伙子,不用说,这就是狗子,是张庆奎,是老张家单传的后代。

狗子重重地磕了三个响头,抬起脸说:"大伯,原谅侄子我不孝。我本想考上大学再向您老报喜。可……现在,只有大伯您能救我出苦海。侄子我求您了!"

张老爹苦笑笑,说:"我就是舍出老脸,她姓刘的能答应?"

二宝说:"哥,现在当官的,哪个不贪?你虽然对她有恩,可咱们不白求她。"说着,从贴身口袋里掏出一叠钱,递上来,说:"这是一万。我的全部家底儿了。给那个姓刘的局长。她要是嫌少,哥你就代我给她打个欠条,等狗子毕业后还她。"

张老爹不知如何,他看看彩电,又看看手上的钱。二宝冷冷一笑,说:"哥,你甭老瞅这彩电,她送你是她良心上过不去。没有你,她现在的尸体都烂了。可我敢说,这彩电也不是花的她自个的钱,她是局长,全能报销的。"

"我,我就开这一次口?"

"哥,为了咱们老张家,你就开次口,求次人吧!爹妈在天都保佑你呢!"

社会万花筒之中国好故事系列丛书

　　张老爹就这样鸭子上架，硬被赶着上了省城，好不容易找到了那个刘局长。刘局长已经认不出他来了，把他当成了上访的，要他去信访办。待张老爹报出自家名号，那刘局长才换了脸色。可当张老爹说了自己的要求后。刘局长的脸又挂上了重重的一层霜。

　　张老爹一看，这事儿要黄，也是急了，竟腿一软，"扑"地给刘局长跪下了。刘局长忙说："老爹您这是干啥，这不是折我的寿吗？"边说边搀起张老爹，说："我虽然管着教育口，可我从来没为私事……"

　　张老爹就急忙把那一万块钱拿出来，抖抖地递上去，看看刘局长脸上现出恼怒的表情，咬咬牙，又把自己这些年攒的八千块箱底钱掏了出来，一并给了她，说："山里穷，全部家当了，求求您了！您一句话，就能改变我们一生的命运。再说，我侄子只差三分啊！"

　　刘局长重重地叹了一口气，把钱往张老爹怀里一推，说："这事儿，我试试吧！钱，您拿回去！"

　　"不！"张老爹把钱"啪"地拍在桌子上，说："您不收钱，就是不想给咱办。您要嫌少，您就开个价！我让我侄子日后补给你！"

　　刘局长笑了，摇摇头，默默地将钱收下，说"我尽力吧！"

　　张老爹这才放心，高兴得眼里放光。刘局长让他吃饭，他也拒绝了，兴冲冲地就往回赶。等到了汽车站，一摸口袋，愣了。怎么呢？五十块的车钱也裹在那八千块钱里给了刘局长，害得他没了买车票的钱。他翻遍了全身，也只搜出

风雨桥洞夜

几块钱，只好买了半程的车票。等他走回家时，已经是第二天的夜里了。

狗子终于被工业大学录取了。在送狗子上学的酒席上，张老爹和二宝都喝高了，二宝说："哥，我说的不错吧，现在，关系就是生产力，金钱就是润滑剂。没有哥的关系，咱们提着猪头都进不了庙门啊！"

没想到的是，狗子张庆奎在入学后又遇到了麻烦。他在申请助学贷款时，老师不同意。因为他是交了三万块钱赞助费被照顾录取的。老师说：本来他应该交五万块的，是省里有人打了招呼才降的。老师说，你家里既然有钱，就不能享受助学贷款。这下子，狗子傻了。他面临着无钱上学的尴尬境地。正在狗子不知如何的时候，刘局长找到了他，把那一万八千零五十块钱全退给了他。狗子哭了，问："是让我退学吗？"刘局长笑了，说你安心上学吧。后来狗子知道，那三万块是刘局长自己掏的，她虽然对这种"赞助"有看法，可一时也解决不了。

山里下第一场雪的时候，张老爹得知了狗子上学的全部真相。他就骂人，骂二宝，说他老是从门缝里看人，把人都看走形了。张老爹就感叹，天底下还是好人多啊！从那以后，一到阴天下雨下雪起雾时，张老爹就支棱起耳朵，听到远处有汽车声，就开开门跑出去，站在山路边挥着手高声喊着让人家慢点开。后来，他制作了一块木牌牌，立在了路边，上面写着："前面弯路！小心慢行！祝好人一路平安！"

社会万花筒之中国好故事系列丛书

有这么一条狗

张老汉和张老太是一对苦命人，二人的腿脚都不灵便，且一生没有生育。前些年从垃圾桶里捡回来一个女婴，原本想靠这个孩子养老，却没料到这女孩儿是个病秧子。但两个老人没有舍弃，在家开了一个商店，靠做小本生意，辛辛苦苦赚一点点钱，都用来给女儿看病了。

每过十天半月的，张老汉就要过江去趸一些货。可这天，他却早早地回来了。张老太奇怪，问他怎么没去。张老汉就从怀里拎出一只小狗来，说："我捡了只狗。"

张老太火了，说人吃饭都难，哪有闲心养狗。张老汉说："狗不嫌家贫，再说，有只狗，也好给小囡做个伴儿。"

张老太虽然嘴碎爱唠叨，但家中的大主意都是老汉说了算，也就认可了。

从那以后，家中就常常传出女儿和狗狗玩乐的笑声。那狗虽然饥一顿饱一顿的，却一天比一天见长，没有半年的

风雨桥洞夜

工夫，就成了条大狗。往那儿一站，虎虎生威。狗狗虽然大了，可对小囡十分友好，不管小囡怎么欺欺负它，它都不急。可是对外人，它就凶的很。有一天夜里，几个外地的贼想在小店捞一把，没想到却被狗狗狠狠地咬了几口，哭着嚎着跑了。

这年冬天的一个清晨，张老汉又像往常一样，要过江去趸货。可那狗狗却是吼叫不停，并用嘴咬着张老汉，不要他外出。张老汉说："狗狗，听话，乖。我不去趸货。咱们吃什么呀。"可狗狗还是不松嘴。张老汉就火了，一脚将狗狗踹出去，然后一路小跑着去渡口。那渡口的摆渡船上已经站满了人，而且起锚离岸了。张老汉急得大声喊："导——啊"。这是本地人渡船的特殊喊法。艄公听到了，极不情愿地又将船撑了回来。

就在张老汉要上船时，狗狗"呼"地一下冲上前，死死地咬住张老汉的裤角不放。张老汉把狗狗抱起来，说："那好，咱俩一起去。"可是狗狗一下子从张老汉怀里挣脱出来，仍是死死地咬住张老汉的裤角往回拖。

船上的人就急了，纷纷喊道："开船！开船！""为这个死老汉值得吗。他和狗都疯了！"

艄公听了，站在船头喊了一声："张老汉，你再不上我就走了啊。"

张老汉急了，边喊"上上上"边要往船上走，可那狗狗真是邪门了，愣是和张老汉对着干。张老汉终归年纪大了，不是那狗的对手。一船的人就看着人和狗争斗，边笑边要艄公开船。

　　在张老汉的注目下，船又开走了，气得张老汉破口大骂，喊道："我要趸货！我要趸货呀！"谁知，他的话还在河岸回响，就见那船往左边一斜，又片右边一斜。在全船人的惊呼声中，一下子沉了下去。张老汉立时惊吓得出了一身的冷汗。他拼命地大喊救命，并跳到水里救人。可是，全船的人死了十有七八。

　　张老汉这才明白，狗狗不要他登船，是它预感到船要出事。狗狗救了他一条命。张老太为此，专门到妈祖庙里烧了香，并犒赏给狗狗一大盆骨头。狗狗呢，也不客气，"吭哧吭哧"地吃了个一点儿没剩。

　　这事儿，很快就在四村八乡传开了，说张老汉前世修来的福分，养了一只神狗，能在关键时刻出手救主。

　　张老汉虽然躲过了一劫，可家庭的生活没有任何改变。女儿的病一天比一天严重，医院说，如果现在治疗的话，她还有救，再拖就没有什么希望了。但是，钱呢？张老汉张老太就时时犯愁，真希望天上会掉下馅饼来。

　　这天傍晚，天要黑不黑时，有个青年男子来店里买烟，一张嘴就要一条红梅。张老汉大喜。这人虽然不是本地的，但是大主顾呀，一要一条烟。张老汉就十分殷勤。那男子拿过烟，十分内行地捏了捏，点点头，掏出了一张老头票。张老汉就着昏暗的灯光左看右看，这才收下，并找了零钱给他。那男子摇晃着肩膀走了出去。可是他刚刚走出去，就发出惨叫声。张老汉忙出去一看，天，是狗狗将那青年咬住

风雨桥洞夜

了,嘴里还发出"呜呜呜"的咆哮声。吓得那男子脸都变了色,看到张老汉,仿佛看到救命的真佛,喊道:"老爷爷救救我!"

张老汉对狗狗吼道:"畜生,松嘴!"可狗狗就是不松。那男子的裤子已经往下流血了,他无奈地说:"我错了,我错了。我那张是假钱!"

张老汉这才明白狗狗为什么和这年轻人过不去。哎呀,他给的是假钱,一百块呀,一百块,得我挣几天的啊。真是挨千刀的货。

但是,那男子换了钱后,狗狗仍不松嘴,并冲着张老汉"呜呜"地叫唤。张老汉连英语都不懂,哪还懂狗语呀,就看着狗狗一个劲儿地摇头。可狗狗拖着男子往店里走,狗狗的眼睛一个劲地瞅着墙上。张老汉突然一惊,往前天村干部贴在墙上的通告一看,愣了,怎么呢?那通告上的照片不就是眼前这个男子吗?张老汉也不知哪儿来的勇气,撒腿就往村长家跑,到了村长家,上气不接下气地说:"快快快,杀人犯……"

一个全国通缉的重大杀人犯就这样在一个小村里落网了。张老汉因此得到了公安局十万元的奖励,也因此出了名,确切地说,是张老汉的狗狗出了名。这狗太神奇了,不仅能救主人的命,而且能识别好坏人。它给主人带来的都是福音。

张老汉用这钱给女儿及时地动了早期手术。医生说,再筹备三十万,等小囡五年后再做一次手术,她就能一辈子和正常人一样了。但是，三十万，哪儿找去啊。不过，知足者常乐，张老汉一家十分满足了，他们对狗狗也更好了。

人怕出名猪怕壮。狗狗也是的。自打记者报道了张老汉和他的狗以后，到张老汉家看稀奇的就不断。人们看着面前这条毛都有些脱落的土狗，真看不出它有什么特别的功能，居然能在关键时分显出英雄本色。这之中就有不少人提出要出高价买狗狗。这当然遭到张老汉的拒绝。可是，有个大商人却铁了心要达到目的，价钱翻着跟斗往上升。这商人名叫齐志宏，有股子不达目的誓不休的架势。

张老汉说你走吧，饿死了我也不卖狗。这狗就是我家的一员。你见过哪家有卖孩子的吗？可齐志宏不听，天天和张老汉磨。到后来张老汉连话都不跟他说了。那齐志宏也不离开。价钱从十万涨到了三十万。张老汉根本不动心。

一个礼拜过去了，齐志宏还赖在张老汉家要买狗。那天，张老汉喝了一点酒，仗着酒劲儿说："老齐，你也别费心了，这样吧，咱把狗狗叫来，我把事儿和它说了，它要是愿意和你走呢，我就放手；它要是不愿意呢，你也就早点回家打理生意吧。"

齐志宏听了，竟点点头，说不许反悔。

齐志宏先到村外的妈祖庙烧了重香，许了大愿，这才和张老汉坐在一起。张老汉把狗狗唤来，对狗狗说了事情的全过程，要它选择去还是留。那狗狗绕着张老汉转了三圈，又绕着齐志宏转了三圈，然后一屁股坐在了齐志宏的身边。这下子，张老汉傻了，齐志宏乐劈了。

风雨桥洞夜

小囡听说了,哭得像泪人似的,她抱着狗狗不松手。张老汉说:"放开它吧。天底下没有不散的筵席。狗狗和咱们家的缘分尽了,它要为新主人服务了。"

齐志宏掏出了三十万块钱,可张老汉坚决不收。他说:"这钱我花着闹心。我不能要。"齐志宏听了,更是偷着乐。他没想到狗得到了,钱还一个子儿没少。人一高兴嘴上就少了把门的。齐志宏就说:"我早年也养过狗,和这狗一个品种。"张老汉问,后来呢?齐志宏说:"那年我们拆迁,给了我们六百万,我靠这钱做本钱发了。人饰衣服马饰鞍。我一个成功人士怎么在家里养条土狗,就把那狗扔了。可那狗真赖,怎么撵也不走,我火了,一棍子把它打瘸了,开车丢在几十里外,这才了了事儿。"

张老汉说,你心可够狠的。我这狗你可不能这样待它。齐志宏说,那是,这是条神狗呀。我还要靠它给我逢凶化吉呢。说着说着,他愣了。他翻看着狗狗的肚皮,说天,这就是我扔的那条狗呀。张老汉听了,也愣了,随即又点点头,说,怪不得它跟你,狗恋旧主啊。

狗狗和齐志宏走了,张老汉一家天天思念狗狗,小囡从早到晚坐在屋前,喊着"狗狗!""狗狗!"

一个月后,电视报道了一则新闻,在一个乡的山路上,因山体滑坡造成一人死亡。这其实也没有啥,天灾人祸,时时都有的。但是后来传出的补充消息就不得不让人深思了。人们说,其实,那个人开车已经过了那处危险地儿,但他的狗又非把他拉回去,结果……

张老汉听了，就到处打听，这个人叫什么。有人说，那是个心挺黑的商人，叫齐志宏。张老汉听了，一屁股跌坐在地上。

第三天，狗狗自己又跑回到张老汉家中，乖乖地趴在屋前，伸着舌头喘气，一声也不吭。张老汉开门见了，叹口气，对狗狗说："你呀你，怎么能这样呢，他虽然对你太恶了点，可总是人命呀。"狗狗不爱听，就闭上眼睛，耷拉下脑袋。张老汉又说："唉，你总是条狗狗，一条狗能懂得报恩除恶，也不容易啊。"狗狗听了，立即支起耳朵，高声地冲张老汉"汪汪汪"地叫个不停，好像是在说：这就对了。

到现在，那条神奇的狗狗还生活在张老汉家中。什么，张老汉住哪儿？对不起，不能相告。

风雨桥洞夜

难忘这个情人节

从2月14日的上午起,街头各处就出现了卖玫瑰花的流动摊贩,而且随着时间的推移,卖花的越来越多。他们追着那些成双成对的男女,高声叫喊着:"买一束红玫瑰吧!""买一束红玫瑰吧!"在这成百的卖花人当中,有一个卖花的显得特别"另类"。怎么说呢?他不是小女孩儿,也不是青年人,他是个穿着邋邋遢遢有四十岁左右的一个男人,而且是个地地道道的盲人,那双向上翻的白眼珠还挺吓人的。他坐在地铁站的出站口,举着一束红玫瑰,反复唱着一首歌:"春天来临了,到处开满了鲜花,可是我却看不见它。亲爱的姑娘啊,请接受我一束红玫瑰,让它伴你走遍海角天涯……"说实在的,他的嗓子真不错,歌声也凄美动人,但是,他的出现却破坏了情人节温馨的气氛。你想啊,哪一对恋人愿意在一个喜庆的日子里买一个瞎子的花呢?有的人听了他的歌,默默地在他面前扔下一两个钱币,有的人则是同情地摇摇头，然后走开。

下午，飘起了雪花。纷纷扬扬的雪花飘落在那个盲人的身上，积了厚厚的一层。他呢，却好像浑然不知，仍旧一遍遍地在唱着自己的歌。有人劝他："下雪啦，到地铁站里去卖吧！"他像是没有听到，反求道："先生，买一束红玫瑰吧，今天是情人节啊。"

红的花，白的雪，立体的人，构成了一道独特的城市风景。

天渐渐暗了，路灯亮起来了。可这个盲人还在执着地卖着他的花。

他的歌声引起一个三十岁左右女人的注意。她已经在这个盲人的周围转了好几个圈圈了，最后，她停下脚步，走到盲人的面前，定定地看着他。盲人的眼睛看不到东西，但是听觉特别灵敏，他把一束红玫瑰举到那女人的眼前，说："姑娘，买一束吧！"

"多少钱一束？"

"10块钱，足足有20支呢。"

那女人不敢相信，又问了一遍多少钱，那盲人肯定地说："10块钱。"

一个月只有一个14日，一年只有一个情人节，卖花的人都抓住这个时机抬高价钱，有的人已经卖到一束花要50块钱了，他为什么还是平时的价？好奇心让那女人问道："你为什么卖这么低？"

那盲人一时语塞，好半天，他才像回到现实中来，深深

风雨桥洞夜

地叹了口气，缓缓地说："我卖花是假，等人是真。"

"等人，等谁？"

"等我心爱的姑娘。"路过的人听了，感到好奇，于是纷纷驻足，有的人还哑然失笑，他们不相信这个盲人也会有浪漫史。

那女人试探地问："能说给我听听吗？"

盲人犹豫了一会儿，然后点点头。

10年前，我打工来到北京城，5年前，我认识了心爱的姑娘曲雪燕。我们爱的如火如炽。我们同居了，虽然那只是个小小的平房，但在我们的眼里，它是世界上最最温暖的爱巢。谁知，天有不测风云。我的眼睛越来越不好了，去医院一检查，是视网膜脱落。雪燕十分着急，陪我去医院治疗。医生说，要治好这病得花5万块钱，我一听就急了。说不治了，爱怎么就怎么吧，但是雪燕不干。她要我听她的话，她说，钱可以花光了再挣，可是眼睛失去了就再也找不回来了。她揣上我全部的积蓄去医院交押金，但是……唉，从那天起，她就再也没有回来。

"看来，你那个什么雪燕是个骗子。她拐走了你的钱就远走高飞了。"

"不，不不。半个月后她给我打过电话，说她遇到大麻烦了，要我耐心地等她回来，她会在情人节那天出现在我的面前的。她要我到那时在我们初识的地铁口等她，而且一定要送她一束红玫瑰，然后和我去治病，再正式结婚。"

"所以，你因为没有钱而失去了治疗的机会，眼睛瞎

239

了；所以，几年来，每到情人节这一天，你就在这个地铁口卖花等她，盼望着她能重新出现在你的面前。"

盲人脸上洋溢出一副笑意，说："是的，我们当初就是在这里认识的。"

那女人摇摇头，说："这位大哥，我敢断定，你那个什么雪燕就是个骗子。她之所以要给你打电话，无非是想探探你还有没有钱了。她是想把你榨得山穷水尽。"

"你胡说！"那盲人火了，提高八度嗓门说，"不许你污蔑我的雪燕！"

"如果真的是这样的呢？"

"你是谁？"

"我姓曲……"

那盲人一听，愣了，随即一步上前，紧紧抓住那女人的手，说："你，你是雪燕？"

那女人挣脱开盲人有力的双手，说："不，我不是雪燕，但我认识她。我也知道你的名字，你是不是叫成立新？"

那盲人点点头，"咦"了一声，说："那，你是谁呀？"

那女人所问非所答，说："再问你一遍：如果曲雪燕是个骗子，你现在还会爱她吗？"

那盲人陷入沉思中，他想了好半天，才一字一字地说："我也不恨她，她一定是遇到了解不开的难处，再说，我是真爱她的……"

那女人有点忍不住要掉下眼泪，她的眼前涌现出曲雪燕苍白的面容。曲雪燕因为诈骗犯罪已经被判处10年徒

风雨桥洞夜

刑。在刑讯笔录上,她坦言,她曾被男人伤害过,于是,她就用诈骗的手段报复社会,报复男人,至今,她都不相信这世界上会有真爱,也不认罪。昨天,在交心活动中,曲雪燕当个笑话说了自己5年前的故事,说如果那个叫成立新的男人真的爱她,真的能原谅她,她就相信这世界上还有真情,她就会真心接受改造,然后出来后,和他结婚,好好伺候他一辈子。

于是,这个女人,不,应该是女子监狱的管教,为了挽救一个堕落的灵魂,就似信非信地跑到地铁口来寻找成立新,没想到的是,她不仅找到了成立新,还看到成立新在因为曲雪燕的行为造成自己失明后仍对她执着的爱。对此,她久久沉默无言。

成立新憋不住了,急切地问女管教:"雪燕真是在监狱里?你们放她出来吧,啊?"

女管教摇摇头,考虑了一会,掏出手机,毅然拨通了电话,说:"叫曲雪燕接电话!"

成立新激动地不能自己,他对着电话那头高声喊道:"雪燕,你好吗?你好吗?我是立新,今天是情人节啊,我已经在这里等你5年了啊。我的眼睛失明了……你、你还能接受我吗?"

电话那头开始是沉默,后来就是强烈的哭泣,曲雪燕断断续续地说:"我不应该骗你,我不应该骗你,你是好人,忘了我吧,我不配你!那钱,等我出来后挣了还你,一定的,一定的。"

成立新高声叫着:"雪燕,我不怪你,你改了就是好人。等着,我让人给你带玫瑰花去啊。"说着,成立新就扭身奔向身旁的花堆去拿花。也许是过于激动,也许是雪地太滑,他脚下一打晃,"砰"地摔倒在了地上,而脑袋则重重地磕在大理石的台阶上……

血染红了雪,心感动了心,无线电波在空中咝咝响着,一个女声撕心裂肺地喊着:"立新,立新,你怎么啦?"

女管教永生忘记不了这一天:2014年2月14日。地点:北京南礼士路地铁口。

风雨桥洞夜

追 杀

牛志，今年33岁，可是其中15年是在大牢里度过的。想起这事儿，他就觉得冤。他是为了帮女朋友打架把那人一刀子捅死的，犯了故意杀人罪，被判了死缓，后来减刑才出来的。现在，牛志的女朋友早已经成了别人的老婆，连她生的孩子都快上初中了。他就恨得牙根痒痒的。牛志不仅恨他的女朋友，还恨这世上所有的女人。他认为是女人给他造成了灾难。当然，他的老妈除外。

牛志出来了，成了自由人，可是他却没了家。这15年中，父母都去世了，亲戚也从不走动。他就真成了"寡人"。

牛志得想法活着呀，他就到处找工作。可是半个月下来，他什么工作也找不到。没工作就没钱，他往往饿得前胸贴后背。

这天，牛志进了一家小餐馆，要了四个菜一瓶酒。吃饱了喝足了，他对老板说："给我记上账！"

老板不干,不让他走。牛志两眼一翻,掏出一张纸,"啪"地拍在桌上,说:"我就有这个!"老板一看,是"释放证明书"。老板哭不得笑不得,知道今天撞上个吃霸王餐的。没辙,只能让他走人。那牛志还得寸进尺,对老板说:"你再借我二百块钱!"

"爷们儿,有这理儿吗?"

"怎么没有,我晚饭还没着落呢!"

老板自然不干。抄起电话就要报警。就这时,旁边桌上吃饭的一个男子拦住了老板,说:"就这点事儿,至于吗?我买单!"说完,拍拍牛志的肩头,说:"兄弟,陪哥哥再喝两杯!"

牛志受宠若惊,立即重新坐下。二人你一杯我一杯地又喝了一瓶,那人才说:"兄弟,你不就是想有钱吗,哥哥给你!"说着,从怀里掏出两叠钱。牛志一看,眼都直了,天,两万块呀!他伸手就要拿。

"慢!"那男子说,"你拿这钱可以,可得帮我个忙!"

牛志问:"你说,什么事儿,没有我办不成的。"

那人笑笑,压低了声音:"你帮我除个仇人!"

"你是说,让我杀人?"

那人点点头。

牛志不干了,他不能再犯事儿了,再杀人犯法,那可真得要了他的命。

那人把两万块钱收回,说:"想不到你刚才那么牛,遇到真格的了,就怂了。"

风雨桥洞夜

牛志说："为这点儿钱,把命搭上,划不来!"

那人"嘿嘿"一笑,说:"干成了,我另加你5万!再说了,哪那么容易就翻车呢。"

巨大的金钱诱惑让牛志动了心。他思前想后,感到不这样也一时半会儿解决不了他的肚子问题,就答应了。临别时那男子说,这件事儿最后的期限是下个周日。

那男子告诉牛志,他要除掉的是一个老女人,住在金色花园小区A楼。

牛志很快就根据那男人提供的照片找到了那个老女人。这是个挺有风度的女人。可她再有风度,在牛志的眼里都是他发泄仇恨的对象。牛志通过三天的跟踪,知道这个女人每天都要坐地铁去超市买东西,他感到这是个下手的极好时机,为什么呢,那就是他办完了事儿能轻易脱身。

第二天,牛志悄悄地跟踪着那个老女人到了地铁站。地铁站里等车的人很多,那老女人排在了最前面。牛志紧紧地贴着她。他准备着,等列车一进来,他就使劲往前一拱,把她挤下站台,让列车从她的身上轧过去。那样,即便有人抓住他了,他也可以说是被后面的人挤下去的。他干掉了这个人,得到了钱,还能逃脱法律的制裁。牛志就为自己的聪明而沾沾自喜。他仿佛看到那些花花绿绿的钞票正在向他招手呢。

"呜——"地铁列车进站了。牛志回头看了看,等车的人中没有一个注意到他。他吸了口气,心里默默地祷告:"对不起了,我也是没法子。为了钱我只能选择这样了!"

245

可是，当牛志回过身来一看，他傻了。怎么呢，那老女人忽然不见了。他一下子急出了汗。这不是煮熟的鸭子飞了吗。他迅速地左右一扫，就发觉那老女人已经退到了一边，笑眯眯地对众人说："你们先上吧！我老太婆没事儿的，等一会儿好了！"

牛志想骂人。可是没等他骂出口，人们已经将他拥进了地铁列车里。车开了，他透过窗户看到那老女人还笑眯眯地站在站台上。

一个好端端的计划泡了汤。牛志想第二天再这样干，可是他放弃了。为什么？他怕那老女人认出他来。

牛志准备在那老女人从超市买东西回家的路上给她个突然袭击，但是到了大街上，他才感到这方式不可行。街上的行人太多了，他如果动手杀人，十有八九是跑不脱的。要是被人抓住可就惨了，他可不想再进那大牢。

时间一天天过去了。牛志知道，他如果没有完成任务，不仅拿不到一分钱，而且很可能会被那个男人除掉。天知道他有没有派人跟着他。他知道了他的秘密，对他就是致命的威胁。

周末到了，还有一天就到限定的期限了。牛志的时间不多了，他决定孤注一掷。他明白，这几天，天天进进出出金色花园小区，小区的监视录像已经有了他的身影。如果那老女人出了事儿，警察就会找到他。他准备干了这一次，拿了钱立即远走高飞，到新疆，到西藏，到没人的地方，过几天潇洒的日子再说。至于明天是什么样，他已管不了那么多了！

风雨桥洞夜

牛志决定在那老女人黄昏散步后回家时,在楼道里将她杀死。那个时候,楼道里暗,人也不多,是最好的时机。牛志掌握了她住在三楼,且从不坐电梯的。

这天下午,牛志就悄悄地溜进了小区,躲在隐蔽处观察着。黄昏后,那老女人像每天一样,走出了楼。她沿着小区的小道慢慢地走着,牛志此时竟有些为她悲哀:唉,一会儿你就要丧失生命了。人啊,真说不定什么时候有福有祸呀。

天大黑时,老女人回家了。她一步一步地走进了楼道。牛志左右看了看,好,没有一个人。他在心里念道:"天助我也!"他提起脚跟,轻轻地随着进了楼道。他摸出了那把已经磨得十分锋利的匕首,心里"砰砰"地跳个不停。他奇怪为什么自己会这样。他这是第二次杀人了啊。突然他明白了,上次杀死人,那是无意之间的,而这次是蓄意的。他为自己的行为感到不寒而栗。

老女人根本不会意识到死神已经来到她的身边。她慢慢地爬着楼梯。牛志一步步地贴近了她,他听听四下无人,"刷"地抽出了匕首,准备一个箭步冲上去,一个动作就完成。就在牛志即将出手时,那老女人的手机猛地响了,在空空的楼道里分外响亮,吓得牛志的心"砰砰"地跳。她接了线,说:"噢,是的,是我家的马桶坏了,好的,半个小时后你来吧!"

真是半路上杀出个程咬金。不过,牛志乐了,他也改变了计划,他想,如果能进入到老女人的家中,那被人发觉的可能性就小得多,或许还能有其他的收获呢!

牛志收起了匕首，又悄悄地下了楼。他在楼外转了十几分钟，然后大摇大摆地走上三楼，敲响了老女人的门。里面问："谁？"

牛志回答："修马桶的，是你家吧？"

牛志顺利地进了屋，可老女人马上感到不对。她问："师父，你怎么没带工具？"

牛志本想一刀结果了她，可是他现在已经掌握了主动，就冷冷一笑，说："这点小毛病用不着的！"

老女人半信半疑，带他进到卫生间。牛志则从怀里掏出一节绳子，准备勒住老女人。正这时，门铃又响了。牛志的汗"刷"地就下来了。他看看老女人，心说："你们别是给我设的圈套吧？"老女人推开卫生间的门，问："谁？"

门外问道："修马桶的，是你家吧？"

老女人疑惑地望了一眼牛志。张开嘴刚要说什么。那牛志没等她开口，一下子捂住了她的嘴，对外面大声地说："师父，我家的马桶好了，谢谢啊！"

外面的人嘟囔了一句什么走了。牛志松开老女人，恶狠狠地说："你要不想死，就给我乖乖的！"

老女人吓傻了，她哆哆嗦嗦地点着头。

牛志将老女人夹到客厅，他想问问她，再告诉她为什么要杀她。让她死也死个明白，别到了阴曹地府找他牛志算账。

这时，那老女人已经软得快瘫了，衣服也松开了。牛志一低头，看到了老女人的身体。立时，他感到浑身燥热。他

风雨桥洞夜

明白自己已经太久太久没有接触过女人了。虽然眼前这个女人岁数大了点,可仍不失女人的韵味。牛志眼直了,他一下子将老女人的衣服撕开,笑着说:"先让我玩玩再说!"

谁知,那老女人竟一反刚才的软弱,挺身而起,紧紧地护住自己的胸部,怒冲冲地说:"我死也不会让你得逞的!"

可牛志已经顾不得了,他和老女人撕扯着。老女人渐渐地处于下风。老女人这时哀怨地求他:"你放了我,我给你钱!"

钱?牛志松了手,问:"你有多少钱?"

老女人舒了口气,说:"你只要放了我,我全给你!一百万吧!"

啊,一百万!牛志差点笑出声来。如果那样,岂不是太美了,他不用杀她,还能得到一百万。有了一百万,什么样的女人搞不到啊!

牛志在老女人的面前晃了晃匕首,说:"你要敢耍我,我一刀宰了你!"

老女人苦笑笑,喃喃自语道:"没钱就好了,省得都惦记。给你比给小强好。"边叨唠边带着牛志走到卧室里。她走到保险箱前,蹲下来转动密码了。牛志看着老女人,这时他心里那个美呀。他琢磨自己有了一百万后先干什么,对,先去洗浴中心找个小姐。想到找小姐,牛志就有点飘飘然了。他把目光转到卧室的墙上,那墙上有不少的照片。他一张一张地看着,突然,他愣了,跳上床,一把将一张照片扯下，问老女人："这姑娘是谁？"

老女人被牛志的突然举动吓得不轻，当她明白自己没什么危险时才结结巴巴地说；"那是我！"

"你？"牛志怎么也不能将照片上那个美丽漂亮的姑娘和眼前这个老女人联系起来。照片上，那姑娘正和一对母子靠在一起。

老女人肯定地点点头。

牛志"扑通"给老女人跪下了，自己抽自己的耳光，边抽边说："我不是人！我不是人！"

老女人感到茫然，一也动不敢动。直到牛志说出其中的原委，她才松了一口气。原来，33年前，牛志的妈妈在回家乘坐火车时，突然临产了。列车长通过广播找来了一个医生，当她检查后方知，这是个难产胎。时间不容她再多想，在巨大的风险面前，她毅然选择了为女人接生。但是，那孩子生下来没有呼吸，又是这年轻的医生嘴对嘴将婴儿嘴里的血块吸出来，挽救了他。当时在场的一个美国旅游客人感动地用一次性相机为她们拍了二张照片，给了她们每人一张。下车后，她们各奔东西，再也没有音讯。但牛志的妈妈对此事念念不忘，当牛志懂事后，就时时指着那张照片告诉他，要他有机会时找到这个救了她们母子生命的大夫。

牛志做梦也没有想到，自己是在这个场合遇到了自己的救命恩人。如果早一点下手杀了她，那他的灵魂会永远不能得到解脱。他感到后怕。人性的一点点良知使得他醒悟了。在金钱和良心面前，他选择了后者。

风雨桥洞夜

听完牛志的叙说,那老女人还不敢相信这一切是真的。她呆呆地望着牛志,将存折递给他,说:"你别杀我,我全给你!"

牛志又一次给她磕了响响的三个头,哭着求她宽恕。她才相信。她疑惑地问:"你我无仇,你为什么要杀我?"

牛志就说了遇到的那个男子。老女人还是不信,说我和任何人没结过怨呀,他长什么样?牛志说这男子最明显的是左嘴角有颗红痣。老女人一听,"啊"地叫了一声就昏了过去。牛志不知所措,忙了半天才将老女人救过来。他不解地问她怎么了。那老女人说:"雇你的那人是我儿子小强!"

这下子牛志愣了,他不敢相信,天底下有这样狠心的儿子吗。他认为老女人是精神错乱了,可看看她,不像。那老女人自言自语地说:"他吸毒,要我把家产全给他,我不同意。因为我不愿意他堕落。魔鬼呀!"

后来呢,牛志在老女人的陪同下,去自首了。他因犯罪中止而没被起诉。那老女人给了他点钱让他干点小买卖。两年后,牛志已小有成就,他去还他的恩人的钱,才知道她已经去世了。而她的百万家财全部捐给了慈善事业。

这个故事是牛志亲口对我说的。他感叹:人都有天使和魔鬼的一面,警惕啊,别让魔鬼占据了你的心灵!